# B杜极短篇故事集（701～800）（简体字版）

## A WORD TO THE WISE (TALES 701~800 IN SIMPLIFIED CHINESE CHARACTERS)

B杜

British Library Cataloguing-in-Publication Data. A CIP catalogue record for this book is available from the British Library.

ISBN 978-1-915884-36-7 (ebook)

ISBN 978-1-915884-35-0 (print)

*For my Family*

（701）

因为人口出生率创下历史新低，卫满国国王面对镜头潸然泪下。

"亲爱的子民，"他哽咽地说，"知道我国今年的出生人口不及百万，我夜不能寐，再这么下去，不用敌人来歼灭我们，我们自己就先亡国了。所以，为了国家的千秋万代，也为了你们自己，请务必多多生育！"

卫满国的国民看到国王为了国事如此操劳，无不动容，纷纷签名参与"生育活动"——每户适育人家每两年得为国家贡献一名新生儿。

看到生育率止跌回升，卫满国国王露出欣慰的笑容，一转身，订了一架私人飞机与两艘豪华游艇，全是最新款。

"陛下，今年的税收依旧不好，您……"内务大臣特意止住，再说下去就危险了。

国王答："你没看到人民又开始生育了？劳动力一旦上去，税收也会大增，我这是提前预支。"

内务大臣不吱声，默默退下。

（702）

当兽医说赵二需要一只抚慰犬时，赵丽丽简直不敢相信自己的耳朵。

"是不是搞错了？"她问兽医。

"没搞错，妳的狗有抑郁倾向，需要一只抚慰犬带它走出阴霾。"兽医答。

离开宠物医院后，赵丽丽心事重重，连遇到熟人也不打一声招呼，直到赵二再也走不动了，她才在路边的花台上坐下。

"赵二，"她抚摸狗头，"怎么你也患上抑郁症了？"

赵二趴了下去，样子看起来很无精打采，不似初见时那样活泼。

一人一狗就这么看着车水马龙一下午，直到手机闹钟响起。

"快！我们得在半小时内回到家。"赵丽丽惊慌失措地对狗说。

由于赵二犯懒，回家路上，赵丽丽差点儿就赶上日落（日落总让她情绪低落）。

等一到家，她立即拉上家里的所有窗帘，同时自言自语："拉上窗帘就好了，拉上窗帘就好了，别怕，别怕，没什么好担心......"

然而巨大的悲伤还是爬上心头，赵丽丽忍不住涕泗滂沱，而她的两只狗（赵一、赵二）则蜷缩在墙角。

"赵一，你该工作了。"赵二提醒赵一。

赵一遂不情愿地走上前去，用鼻子顶了一下主人，可是对方不为所动，依旧哭得撕心裂肺。

见没达到抚慰效果，赵一缓慢地走回墙角趴下。

"抱歉！我安慰不了你，"赵二对赵一说，"我的抚慰犬还未到。"



"抱歉！我安慰不了你，"赵二对赵一说，"我的抚慰犬还未到。"

（703）

我发现啊！人就不能太努力、太逼自己，一努力、一逼自己，麻烦就来，好比我刚存上**3000**块钱，家里的猫就生病了，而且不多不少，正好花了三千元；又好比我强迫自己当孝子，结果我爸我妈逢人就说我管得多，连保健品也不让买。基于以上，我摆烂了，不加班、不内耗，日子过得反而轻松，譬如家里的猫生病了，我告诉它要嘛自愈，要嘛回猫星球，结果它挺过来了；又譬如我爸我妈被骗钱了，我两手一摊，说自己比他俩还穷，于是两老转而向我妹诉苦去了。所以啊！人千万别太上进、太把自己当救世主，因为到头来不过证实白忙一场……

. . . .

打完上述这段文字，我环顾四周，发现家徒四壁，而且墙壁上还有一抹蚊子血，于是拿湿抹布去擦，结果越擦，血印子越大，看起来更脏，验证了我的伟大发现——人就不能太努力、太逼自己，一努力、一逼自己，麻烦就来。

（704）

白素芬一打开电脑，母亲便端来一盘切好的水果。

"今天的梨好甜，"母亲捡了一块，"来，张嘴。"

白素芬刚打开嘴巴，父亲便问她上班累不累？

"累，很累，已经连续加班一个星期，每天只能睡五个小时。"白素芬心想着。

"累就休息一下，人生长着呢！不急于一时。"父亲答。

最近经济不景气，很多公司都在裁员，

这时候"休息一下"很不智，白素芬不想给领导裁她的理由。

"没事，被裁大不了再找，反正妳有父母兜底。"母亲接着说。

听到这么暖心的话，此时的白素芬无疑是幸福的，她多想留住这美好的一刻，可惜手机铃声传来，她只能按下电脑的暂停键。

"妳已经两个月没汇钱，妳弟的补习费就快交不出来了。"这是女人的声音。

"我……很累，"白素芬小声地答，"已经连续加班一个星期，连周六、周日也上班。"

"上班哪有不累的？"这是男人的声音，"再说，这跟汇钱有什么关系？"

"没错，"现在又换上女人，"培养一个大学生多不容易，妳得懂得感恩，家里的弟弟妹妹们还仰赖妳呢！"

挂断电话后，白素芬重启按键，屏幕上的"电子父母"仍对她嘘寒问暖，一口一个宝贝儿。

. . .

（注："电子父母"乃指网络上的虚拟父母。）

（705）

上个月，我跟老公吵了一个不大不小的架，我告诉他——我要上山当尼姑去。

"快去，保证第二天妳就还俗了。"他乐呵呵地说。

为了堵上他的嘴，我特意报了一个为期28天的法会，管事的大和尚告诉我——每天都有早课，还得干活，住的是寮房，24人一间。

这听起来没什么难度，于是我拉着行李箱就住进来了。

起初，我以为吃会是个难题，因为我无肉不欢，不过几日下来也习惯了，比较

11

不能接受的是凌晨四点就得诵经，还有干不完的活，简直生无可恋。

有一天，我忽然顿悟，惠能大师不是说过"本来无一物，何处惹尘埃"吗？既然这世界是空的，我何必上纲上线？

于是除了每日三餐我会准时报到外，其余皆看心情。

管事的大和尚曾说了我几次，可是我依然故我，倒是同样偷懒的"新进人员"已一一被劝退，当天就下山去。

到了最后一天，一直没说上话的寺庙住持忽然对我说："下次法会也是28天，我已经替妳留好位置了。"

"不用了，"我答，"我这个人没什么悟性，还是把位置留给其他的有缘人吧！"

虽然我已经明确拒绝，但回家后，住持还是经常给我打电话。我想了想，"又"花了3000元供了3个牌位，住持才不再打电话，我也终于有了一方宁静。

（706）

职场压力越来越大，加上不赞成国内的填鸭式教育，王剑霖与妻子一合计，举家移民新西兰。由于无一技在身，他俩在离海约5○○米处租下一个报刊亭，卖一些报纸、杂志、明信片、饮料和电话卡等。

某天，一名中国游客行经报刊亭，随手拿起一瓶矿泉水去结账，结果发现店长正在看免费的华文报（内容多为旧新闻，广告居多）。

"你是中国人？"游客惊喜问道。

"是的。"王剑霖抬起头来，"水一块二。"

游客付完钱，紧接着问：“工作忙不忙？”

“不忙。”

“我就想过上你这种神仙生活，每天看看报、喝喝茶，闲暇时还能到海边走走。”

“嗯！这种生活的确惬意。”

游客走了之后，王剑霖发呆了好长一段时间。想当初租下这个报刊亭就没指望赚大钱，图的无非是每天能看看报、喝喝茶，闲暇时还能到海边走走，可是现实却是——工作虽不忙，却把人的时间给焊死，每天困在不足五平米的空间里直至天黑，遑论关门后还能吹吹海风，因为他得赶在六点半之前去接二宝，晚点会额外收钱。

“今天有什么新闻？”哄完大宝和二宝入睡后，他的妻子边问边打开电视机。

“有个中国游客说羡慕我的生活，每天就是看看报、喝喝茶，闲暇时还能到海边走走。”

“你答什么？”

“当然附和他的说法。”

此时电视节目不知上演了什么，惹得一旁的妻子大笑不已，像是回应他的答复。

"我也觉得好笑。"王剑霖喃喃道。

（707）

墨菲是一名连环杀手，已有15名无辜的少女死在他的斧头下，等待他的将是正义的终结，可是狱警安西雅却不这么认为，在她的眼里，这是一位彬彬有礼的绅士，与其他受刑的大老粗完全不同。

安西雅的爱慕眼神，墨菲当然接收到了，他更加卯足了劲，终于让安西雅甘心为他铤而走险。

"亲爱的，你出去后千万得低调。"安西雅对情郎说。

"当然，"墨菲对她深情一吻，"我会等妳出狱。"

因为放走重刑犯，安西雅被判入狱10年，等待她的将是正义的终结，可是狱警赫斯金却不这么认为，在他的眼里，这是一位温柔可人的淑女，与其他受刑的蛇蝎女完全不同。

赫斯金的爱慕眼神，安西雅当然接收到了，她更加卯足了劲，终于让赫斯金甘心为她铤而走险。

"亲爱的，妳出去后千万得低调。"赫金斯对情人说。

"当然，"安西雅对他深情一吻，"我会等你出狱。"

奥鲁特被敌人追杀至草原，忽然，他停下脚步，因为前方有一只狮子正虎视眈眈地盯着他瞧。

众所周知，草原上的狮子大多群居，也就是说，如果发现一只，代表它的伙伴也在不远处。

奥鲁特往后一探，敌人也裹足不前，想必他们也看到狮子了。

此时的奥鲁特陷入两难，往前跑，无疑成了狮子的腹中餐；往后跑，恰恰自投罗网。

想到被敌人捉住后的种种非人虐待，奥鲁特宁愿死得痛快些，于是毅然决然地往狮群里跑……

他一跑，原本追他的敌人也跟着跑，不同的是，他们往反方向跑去，毕竟保命要紧，谁还在乎奥鲁特这小子？

（709）

刘泽凯已经在天台上好话说尽，可是女人仍执意要死，此时，队友递过来一瓶水。

"渴死我了。"刘泽凯拧开瓶盖，咕噜咕噜地喝了好几口，"妳也渴了吧？"

女人闷不吭声，于是刘泽凯另取一瓶水走上前去。

"你别过来，你再过来，我就跳下去。"女人威胁着说。

"我只是递水，妳别多想。"

刘泽凯走到距离女人一个跨步的地方停下，接着把水递过去，心想只要女人伸手过来，他就趁机将她从围墙上拉下。

20

没料到女人的动作比他还快，刘泽凯立即扔下瓶装水去抓，抓是抓住了，不过在重力加速度的作用下，他也跟着从23楼往下坠……

再睁眼时，刘泽凯看到女人往白光处跑去。

听说人死后会看到一束白光，若走进白光内，就再也没有生还的可能，于是刘泽凯大喊："别去！去了就活不成了。"

"谁想活？从那么高往下坠，即使不死，大概也成了植物人或残疾人。"女人忽然停下脚步，接着猛一回头，"我看你还是……"

话还未答完，女人就被刘泽凯背后的一股力量给吸过去，速度之快，令人咋舌。

"千万别回头，千万别回头。"刘泽凯边打哆嗦边对自己喊话，"让我想想，让我想想。"

待冷静过后，刘泽凯果断往白光处走去……

2○30年，世界小提琴大赛首次允许机器人Jane参赛，引起不小的讨论。持反对意见者认为机器人没感情，参赛不过是陪跑，没多大意义；持赞成意见者则认为现在的世界是多元的，同意机器人参赛更能体现人类的优势与大度，有好无坏。

就在沸沸扬扬的争议中，Jane还是越级（没经过初赛和复赛）参加最后的总决赛，为了公平起见，入围者和裁判之间拉上了帘幕。

六位选手皆演奏完毕后，裁判们罕见地闭门商量了近一个小时才做出决定——前五名皆为人类，Jane获得第六名。

这个结果乃众望所归，因为没有人能做到整首曲子皆不犯错（包括音准、节奏、力度、音色等），如果有，那一定是机器人拉的……

这个结果乃众望所归，因为没有人能做到整首曲子皆不犯错（包括音准、节奏、力度、音色等），如果有，那一定是机器人拉的……

（711）

自从中了五千万美元的大奖后，斯考特夫妇商量了好几个晚上，为了不重蹈"先辈们"的覆辙（依据过往的纪录，中彩者往往几年后又回到原点，甚至负债累累），他俩决定还是秉持"不浪费"的原则过活，可是事情并没有往他们预想的方向发展……

"你为什么买了一整套的音响设备？"斯考特太太问老公。

"原来的音响是十年前买的……"斯考特先生弱弱地答。

"你明知道原来的音响还好好的，这岂不是浪费？"

后来斯考特先生默默把新音响给退了。

几天过后，斯考特先生发现了好几十件女性内衣裤，连标签都还没来得及拆，立刻质问太太是怎么回事？

"原来的内衣裤都已经穿了好多年，是时候该买新的了。"她答。

"买新的我能理解，但有必要塞满一柜子吗？这岂不是浪费？"

后来斯考特太太挟着新买来的内衣裤（只留下少数几件）回到商场，奈何贴身衣物不允许退货，斯考特先生只能网开一面，但心里很不爽。

接下来的每一天，他们总能为小事争吵，不是斯考特先生买了新的游戏软件，就是斯考特太太花"巨资"买下进口水果。这类的矛盾与日俱增，已到了水火不容的地步，而离婚的导火索是斯考特先生想为年迈的父母买一栋小楼，但斯考特太太不同意，因为她的父母已双亡，如果老公想替自己的父母买房，那她也要为唯一的哥哥买房。

"妳哥哥有钱得很，他现在的住房甚至比我们的还要豪华。"斯考特先生说。

"我不管，如果你要帮你父母买房，那我也要帮我哥哥买房，这才公平！"斯考特太太答。

这两人为了别人的"房事"吵得不可开交，最后竟决定一拍两散，所有财产五五分。

离婚后的两人很快展开烧钱模式，而且为了赌气，彼此陷入恶性竞争，好比斯考特先生前脚刚买了宝马5系，他的前妻后脚便买进宝马6系，一来二去，双方的财产急速流失，到最后账户上竟只剩零头。

这一天，斯考特先生到一家公司参加面试，没想到遇到同样来找工作的前妻。

"如果我先进去，我会把面试官问的问题发到妳的手机上。"斯考特先生小声地对前妻说。

结果是他的前妻先进去，当下一位求职者被唤进去时，斯考特先生收到前妻发来的泄题短信，忍不住热泪盈眶……

（712）

我是维也纳美术学院的院长，1908年的某天，当我冒雨来到学校，刚把湿外套脱下挂在办公室內的衣帽架上时，一转身，一位表情严肃的男士就矗立在我面前。

"请问……"

"我预约了早上九点钟见面。"那人答。

我从房门上的玻璃往外看去，秘书并不在座位上。

"抱歉，我的秘书并没有告诉我今天早上有访客。"我指向办公桌前的椅子，"请坐。"

待我们都坐下后，那人便表明身份，原来他是军方人员，为了不引人注目，今日特意穿着便服。此番前来是通知我校录取一位叫阿道夫·希特勒的考生，去年他已经落榜一次，今年一定得考上。

"科勒上校，我能问原因吗？"我说。

"抱歉，我无法告诉你，但这是命令，你一定得执行。"

科勒上校离开后，我把那名考生的作品拿出来看，该怎么说呢？画得中规中矩，但离录取尚有一段距离。

由于这是军方下达的命令，我别无选择，只能让阿道夫·希特勒取代弗舍尔·韦伯上榜。

后来我才知道弗舍尔·韦伯是第二次报考我校，这次的再度落榜让他彻底死了当一名艺术家的心，转而加入德国工人党，并逐步走上独裁的道路，直接和间接造成第二次世界大战。

至于阿道夫·希特勒，他后来成为一所中学的美术老师，口碑不错，但不幸死于战争结束前夕，享年56岁。

（713）

苗芬芳从小就有兜齿问题，也就是所谓的"地包天"，不仅影响口腔功能，还有碍观瞻，这让她产生自卑感，邻居大哥丁守义算是少数几个不看轻她的人。

十几年过去后，苗芬芳考进了外地大学，临行的前一天夜里，丁守义找到她，问："我可不可以喜欢妳？"

"你……你什么意思？"苗芬芳红着脸问。

"就是……我想当妳的男朋友，可以吗？"

苗芬芳万万没想到丑陋的自己还会有人喜欢，这是在做梦吗？

见苗芬芳迟迟没反应，丁守义只好自己找台阶下，表示不可以就算了，两人还是当朋友好了。

"我没说不可以呀！"苗芬芳急着澄清。

"那就是可以啰？"他高兴地握住她的手，"有空我到妳的学校找妳，好吗？"

"好。"

这两个年轻人从邻居成为情侣，颇出人意料，因为事先完全没征兆，不过多数人还是给予祝福，毕竟农村人娶媳妇儿不易，而苗家也知道自己的女儿长相欠佳，倘若能嫁给知根知底的人，也算是上辈子烧好香。

就这样，苗芬芳和丁守义在双方家人的默许下开始正大光明地交往，就等着苗芬芳完成学业后领证结婚，哪知意外发生了。

"我不在乎妳的长相，妳何必一定要做矫正？"丁守义说。

"这不光只是长相问题，还会影响牙齿的咀嚼功能，所以我必须做。"苗芬芳答。

拗不过女友的坚持，丁守义最后还是答应了，连矫正费用也是由他出，而那笔钱原来是作为翻新旧屋之用，好给未来的新娘子一个美丽的婚房。

历经三个小时的手术，再经六个月的恢复期，苗芬芳一天比一天漂亮，而丁守义却一天比一天消沉，尤其最近经常联系不上女友，到学校找人也总是扑空，这一切的一切，最终在一个大雨滂沱的夜里真相大白。

"那个人是谁？"全身湿透的丁守义抓住女友问。

"神经病！"苗芬芳用力挣脱，"你没看到下雨啊？！人家开车送我回来有错吗？"

"这么晚了，妳和那个男的去哪里了？"

"开房去了，怎样？"

丁守义气得甩了女友一巴掌，也正因这一巴掌，两人从此分道扬镳……

五年后，丁守义来到医院，病床上的苗芬芳形如枯槁，但看得出仍是美人一个。

"医生说我的梅毒已到了晚期，"她气若游丝地说，"基本已无治愈的可能，否则我也不会要求见你，因为太丢脸了。"

"快别这么说，有什么事需要我做的吗？"

"没有，你能来看我，我已经很高兴了。"她伸出手，他紧握住，"谢谢你曾经爱过我。"

"我一直爱着妳。"他答。

听完，苗芬芳的泪水簌簌而下，像五年前的那场大雨……

（714）

趁着内战，一群穷人强占了首富亚瑟·席尔瓦的玫瑰庄园，艾托便是其中一位，尤其他占据的是最大、最豪华的主人房，不禁沾沾自喜。

谁也没料到内战会持续五年之久，在这五年里，玫瑰庄园里的玫瑰早已凋零，整栋豪宅的内外墙也被各种涂鸦和脏字填满，就别提卫生问题了，由于缺水缺电，屋里屋外臭气熏天，垃圾随处可见，到了寸步难行的地步。

如今内战终于结束，昔日首富也回到国内，当他看到破败的玫瑰庄园时，无比心痛，决定恢复它昔日的辉煌，然而住在里面的人却不同意，因为他们在此居住五年了，对房子已经产生感情。

席尔瓦先生考虑了一下，承诺为他们在附近租房，租期五年，让每个强占他屋子的人都能有一个遮风挡雨的住处……

"不行！"艾托首先跳出来，"五年的期限太短了，我看五十年还差不多。"

陪同席尔瓦先生一同前来的随从很不可思议地说："你们强占我老板的房子长达五年，他没收你们房租，还另外租房子给你们住，这已经很仁至义尽了，你们怎么好意思要求更多？"

此话一出，所有的"强占者"开始起哄，席尔瓦先生看苗头不对，决定先撤了再说。

几天过后，有人到玫瑰庄园招聘船员，包吃住，老弱妇孺也欢迎。

一开始，庄园里的人以为是恶作剧，因为战后经济萧条，怎会有人主动提供工作？但怀疑归怀疑，谁会对送上门的钱说不？加上庄园早已不复原来的样子，没什么好留恋的，于是不出半天的工夫，所有人都签约了，并于次日全体出海。

现在，亚瑟·席尔瓦终于可以好好地整理他的玫瑰庄园了。

（715）

经济不景气，失业人口不断攀升，人民怨声载道，九宫国决定引导人民仇外来转移注意力，哪晓得适得其反，只好改弦易辙，将矛头指向国内富人，毕竟总得给广大的老百姓一个泄愤的对象。

这招倒是管用，只是富人心里很不爽，每年缴纳那么多税还得当枪靶子，于是挟带大笔资金移民海外，九宫国赔了夫人又折兵。

"看来不放大招是不行的。"九宫国总统哀叹一声，接着转告下属，"通过宗教自由法案吧！现在只能靠宗教抚慰人心了。"

（716）

阿方索的皮卡车比他的年纪还要大，难怪经常抛锚，每当这时候，他就得推着车子前进，直到找到维修厂。

"这车早该进坟场了，你何不买辆新的？"修车师傅对他说。

阿方索何尝不想买辆新的，但囊中羞涩，他只能走一步算一步。

这一天，阿方索停下皮卡车买塔可吃，一名流浪汉走了过来，问："能不能也给我买一个？"

"可以，你要不要沙沙酱？"

"要。"

于是阿方索又买了一个加了沙沙酱的塔可。

流浪汉收下塔可后，说："你是个好人，我问了一整天，没人肯为我买饼。"

其实阿方索口袋里的钱不多，只够支撑三、五天，但看到比自己还困难的人时，他又忍不住伸出援手，一来少一个买饼钱，穷也穷不到哪里去；二来他的皮卡车哪天若寿终正寝，他便完全失去收入来源，房东肯定让他睡大街。换言之，阿方索与流浪汉的距离只剩一步之遥，他希望届时有人也会慷慨地为他买饼……

几年过去后，有人停下敞篷跑车买塔可吃，一名流浪汉走了过来，问："能不能也给我买一个？"

"抱歉！"

"就一个。"

"不可能。"

流浪汉失望地走开。

其实阿方索口袋里的钱足够请大街上所有的流浪汉吃饼，但他还是拒绝了，好不容易才完成阶级跨越，他根本不想再与底层有任何交集，何况攒钱不容易，这个接济一下，那个帮衬一点儿，他还存得下钱吗？

吃完塔可的阿方索重新上路，无一丝犹豫。

（717）

多虎村以虎多闻名（由村名便可窥见），这给村民们带来不少困扰，譬如外出得成群结队，同时随身携带护身武器，饶是如此，也有失误的时候。

"阿一呢？"阿一妈牵着阿二又抱着阿三，慌张地四处张望，"刚刚还跟在后头。"

"妳怎么看孩子的？"阿一爸气得跳脚，"这下子凶多吉少了！"

后来全村人自发搜山，终于在离山脚八百米处发现了十岁的阿一，他除了全身脏兮兮外，没有明显的伤痕，倒是脚边的老年虎被打得遍体鳞伤，正躺在地上奄奄一息。

此事一传开，阿一成了村里的风云人物。他的父母见状，农事也不让他做了，每天只让他干一件事，那就是勤练打虎技能。

几年后，阿一从只能打"老弱残病"虎，进步到能打身强体健的成年虎，他的父母很是得意。

"爸，妈，我好累，不想再打虎了。"阿一对父母说。

"不行，你是全村的骄傲，大家都指望你灭了村子里所有的虎，你怎能说不打就不打了呢？"他的父亲答。

"阿一，"他的母亲来软的，"你不替自己想，也得替家人想，我们之所以每天都有肉吃，那是乡亲们给的，你一旦不打虎，我们还有肉吃吗？"

阿一很无奈，只能继续干着自己不想干的事，日复一日……

今年，冬天来得比往年早，小动物纷纷冬眠，导致老虎们找不到食物，转而将矛头对准村庄，每户人家养的家禽和家畜，或多或少都有损失，村民们只能集体央求阿一再"积极点儿"打虎。

"每天打一只虎已经够累了，何况除了打虎，我也想干点儿别的。"阿一答。

"打虎正是你该干，也是唯一该干的。"村长说，"我们全村的人都指望你，你不能让我们失望。"

一言不合，阿一负气躲回自己的房间，好几天都不愿见人。

阿一的"怠职"让老虎们更加猖獗，面对邻里的指责，阿一的父母只能将气洒在阿一身上，冷嘲热讽不说，还玩"一哭二闹三上吊"的把戏。

"够了！"阿一猛然打开房门，"我打，不过有个条件，我要全村的人都看着我打虎。"

得知儿子愿意打虎，这对父母终于松了口气，转身便敲锣打鼓去。

就在全村人的注目下，特意换上一身白的阿一缓缓上山，不久便与雪白的山合为一体，若不是一抹蚊子血的出现，村民们大概还发现不了阿一……

（718）

韩师傅收到一块海蓝宝原石，他构思了一下，决定雕一片叶子，还是纹路不明显的那种，因为宝石本身的透明度高，也没什么裂，无需通过复杂的工艺来掩饰缺点。

叶子雕好后，韩师傅忍不住在社交网站上炫耀一番，果然得到很大的反响。

"这块宝石真漂亮，你可以雕一尊如来佛。"有网友建议。

"不，做成无事牌比较好。"另一名网友说。

"我看还是玉观音合适。"

"刻如意吧！"

"貔貅，因为寓意好。"

"厚度够，做成小龙环应该不错。"

……


网友们讨论得热火朝天，但韩师傅却悄悄下线了。

陈家11代以前曾有人中过进士，皇帝还送了"进士及第"的匾额，一直高挂在陈氏祠堂里。某年，廖家趁着兵荒马乱加入强盗的队伍，大到金银财宝，小到铜钱器物，无一不抢，这当然也包括陈氏祠堂里的匾额……

自从听说此事，再看到原本应属于陈家的匾额被高挂在廖氏祠堂里，陈廷风义愤填膺，想"物归原主"的念头与日俱增，终于在某个夜里付诸行动，把"偷"来的匾额重新挂回陈氏祠堂里，这引发陈家与廖家的纷争，一场法律大战就此展开。

何法官受命审理此案，从物件的属性看

，理应属于陈家，但历史遗留问题也不容小觑，怎么判都有瑕疵。

看自己的老公陷入困境，何法官的太太指点迷津："如果不知该怎么判，就将事件上升到更高的层面吧！"

后来匾额进了国家博物馆，陈廷风进了拘留所七天，不留案底。

(720)

李京花离婚后回到老家居住，她父母倒还好，但弟妹可不乐意了，经常黑脸不说，还冷嘲热讽。

每当这时候，李京花总默默走开，避开正面交锋，因为自己和女儿的日常用度还得靠父母接济，而父母的退休金不高。换言之，弟弟和弟妹的收入是这个家的主要经济来源，她可不愿在名利双收前得罪金主。

针对今后的谋生问题，李金花是有计划的，那就是写作。是这样的，自从得知全球畅销书作家J.K.罗琳成名前靠社会救济金过活，李金花便视这个女人为偶像，并产生"有为者，亦若是"的想法，因为她的情况和J.K.罗琳很相像（都是离异带着小孩），不同的是人家靠社会救助，而她只能仰赖家里人。

"等我的书火了，第一步便是给家里人几百万元，然后和小米搬出这个小窝，过上挥金如土的生活。"李金花为自己打气。

书写了五、六年，李金花也忍气吞声了五、六年。在这期间，家里人总要她出外找份工作做，别当蛀米虫。她嘴巴不说，但心里很不服，因为她与"功成名就"就只差一本畅销书，何苦为饿不死的工资每天汲汲营营？

这一天，终于有一家出版社伸来橄榄枝。

"针对合约内容，您有什么要问的？"出版社编辑说。

"没有。"她很快地答。

"那我待会儿发正式合约给您。"

"好的。"

签完合约，她马上将好消息告诉家里人，她的弟妹问："出版社给妳多少钱？"

"没钱，是根据销量，然后按比例分成。"

"妳被骗了！"她弟妹斩钉截铁地说，"跟出版社签约都是先拿到一笔钱，起码三、五万元。"

听此言，签约的喜悦立即消失殆尽，更糟的是，弟妹的话在李京花的脑海里无限放大，到最后她真的相信自己上当受骗了。

"我要解约。"她告诉出版社编辑。

"有什么问题吗？"编辑问。

"没问题，就是不想合作了。"

编辑答解约可以，但需付一笔解约费。

李京花没钱，但又不愿吃哑巴亏，只能冲到出版社闹事，扬言若不无条件解约，她便要引火自焚。

出版社怕真的出人命，只好与她解约，不收一分钱。

顺利拿到解约书的李金花却无一丝喜色，当她落寞地回到家中时，免不了又被家里人轮番指责，因为她的泼妇行为已被好事者上传到网上，成了当天的最大笑话。

李京花又何尝愿意如此？她一直以为自

己是落难的金凤凰，而金凤凰向来是高贵的、优雅的、圣洁的……

"妈，妳怎么了？"已经上小学的小米问进到房间的母亲。

"写妳的功课，别烦我！"

看女儿噤声后，李京花拿出手机，将文档调出来，稍微犹豫了一下后，还是按下永久删除键……

（721）

历经两个多小时的马拉松长跑，眼看还剩最后一百米就能抵达终点，爱丽丝卯足全力冲刺，不出意外的话，戴上桂冠已是板上钉钉的事。谁也没料到此时场边会冲出来一个人，递给她一面国旗，说："加油！"

为了这场比赛，爱丽丝准备了四年，目标当然是夺魁，如果收下那面国旗，多出来的长物势必会影响她的发挥；如果不收，她将终生背负骂名……

当金牌得主所属国家的国歌响起时，爱丽丝哭得上气不接下气；另一厢，递国旗的人则无比欣喜，因为账户里多出来的钱刚好够她在欧洲穷游一整年。

（722）

姜太公在河边钓鱼，不一会儿的工夫，鱼上钩了。

"我的钩子上没鱼饵，你怎么就上钩了？"姜太公对鱼说。

"我想着不可能没鱼饵，所以探一探虚实。"鱼答。

姜太公把鱼从钩子上取下，扔回河里去，接着继续钓鱼。没多久，同一条鱼又上钩了。

"怎么又是你？"姜太公对鱼说。

"我想着第一次没鱼饵，第二次总该有吧？！"鱼答。

姜太公又把鱼从钩子上取下，扔回河里去，接着继续钓鱼，可是没多久，同一条鱼"又又"上钩了。

"这次是什么原因？"姜太公问鱼。

"我就想问真的没鱼饵吗？"

"没有。"

重新回到河里的鱼不甘心，在钓钩附近徘徊了一会儿，最后还是咬住钩子。

这次姜太公没有急着提竿，而是静静地看着水面，直到下沉的浮标又缓缓浮起……

（723）

**为**了戒瘾，雪莉加入团体治疗活动，参与者皆有不同程度的沉溺行为，譬如毒瘾、网瘾、小说瘾、烟瘾、酒瘾、熬夜瘾、食瘾、工作瘾、购物瘾……等。

当轮到雪莉做陈述时，她沉默了好一会儿。

"没关系，妳如果还没准备好，可以等到最后再说。"主持活动的布什医生说。

"不，"雪莉深吸一口气，"我准备好了。"

根据雪莉的描述，她有严重的性瘾，随时随地都能做，公厕、小树林、楼梯间、停车场、墓园……等，只有想不到的，没有做不了的，她还因此患上大大小小的性病。

雪莉一说完，参与者纷纷给予她各种建议和精神支持，这也是团体治疗活动的特色与意义所在。

等活动一结束，雪莉立即找到布什医生，说："我不认为在团体面前剖析自己有用。"

"我认为妳应该多参与几次再下结论。"医生答。

当雪莉步出医院时，发现乔治正在外面等候。

"妳终于出来了，能陪我喝一杯吗？"乔治说。

如果雪莉记得没错，乔治有酒瘾，一天不喝就会心慌。

"好呀！"雪莉爽快地答应下来。

在酒吧里，乔治一杯接着一杯地喝，到了第六杯，雪莉迳直跟酒保说："没钱了，你自己惦量要不要再给酒。"

"胡说！"乔治去掏裤兜里的钱包，"我……我有钱。"

雪莉把乔治的手按住，然后架着他离开
。

经过一年的团体治疗活动，雪莉帮助了
有酒瘾的乔治、有毒瘾的凯瑞、有网隐
的阿贝、有工作瘾的提姆、有烟瘾的亚
伦……

某天，布什医生问雪莉："一年过去了
，妳想继续参加团体治疗活动吗？"

雪莉果断点头，因为自从帮助瘾友后，
她就再也没染上性病……

（724）

好不容易盼来年假，杨营兴奋地睡不着觉，心想一定要把这阵子的疲惫和所受的委屈全给弥补回来，这包括没日没夜的加班以及主管偶尔兴起（不分昼夜和场合）所发出的索命连环call。

说起杨营这次参加的七日五国欧洲团，大概为了省钱，旅行社订的是凌晨一点起飞的航班，导致他不得不把行李带到公司，等晚上九点加班完毕，再叫上出租车前往机场。

"各位注意了，"导游小哥发话，"我们坐的这个航班会在香港停留5个小时，大家千万别走出机场，否则后果自负！"

杨营记得旅行社发来的行程单上写的是直飞航班，怎么改在香港中转？

针对杨营提出的疑问，导游小哥的答复是——那个航班临时取消了，来不及通知各位。

这个答案令杨营很不爽，滞留在机场5个小时岂不意味着花在旅游上的时间会少了5小时？

然而一个巴掌拍不响，当别的团员都默默接受时，孤掌难鸣的杨营也只能吃下哑巴亏。

历经17个小时，飞机终于抵达巴黎戴高乐机场，一行人尚未从疲劳中恢复过来，马上就投入行程当中，而且为了赶上那"消失的5小时"，不得不披星戴月，终于在期限内完成法、德、荷、比、卢五国游的目标。

等假期一结束，同事们纷纷围着杨营，问起他的欧洲行。

"挺好的，爬了山，看了风车，也拜访了莫扎特的出生地。"红着双眼的杨营答。

"莫扎特？"同事小方露出迷惑的表情，"莫扎特不是出生在奥地利吗？"

杨营被问住了，他只记得曾拜访过一位音乐家的故居，是不是莫扎特？他现在也迷糊了。

"的确是莫扎特，"杨营故作镇定，"他写过《C小调第五交响曲》。"

同事们纷纷点头，然后对小方投去同情的眼神……


（注：《C小调第五交响曲》又名《命运交响曲》，乃德国作曲家路德维希•凡•贝多芬所创作。）

（725）

自从搬来美国，张老先生的生活就像在寒冬里发动一辆老爷车，好半天也打不着火。日子一久，他女儿也瞧出了不对劲，所以等学校一放暑假，便差遣儿子每天带着姥爷上社区公园走走。

"Why me？" Alex嚷着，"I already made an appointment with my friend to watch a movie."

他母亲答看电影什么时候都能看，何必急于一时？还是与姥爷联络感情比较重要。

Alex最不想做的便是和姥爷联络感情，虽说他是被姥爷带大，直到六岁才飞到美国与父母团聚，但多年未见，曾有的亲密感已变得疏离，当然也难有热情。如今母亲差他每天带姥爷上社区公园走走，Alex宁愿上华文学校，也不愿面对一个"不熟"的亲戚。

当Alex把心中想法说出来时，他母亲表示这就是为什么让他和姥爷一对一相处的原因，因为他的华文学了三年，可是连一个完整的句子都说不出来，这明显是缺乏口语练习，所以别再找借口推脱，这事没得商量！

为了不激怒每天累成狗的母亲，Alex只好心不甘情不愿地答应下来……

"小虎，你慢点儿，我赶不上你。"张老先生气喘吁吁地说。

"My name isn't 小虎。我是Alex，can you hurry up?"

张老先生听不懂小虎在说什么，只能重复让他慢点儿走，可惜无果。就这样，两爷孙以相距约五十米的距离，先后来到社区公园。

"这湖真漂亮！"张老先生望湖赞叹，"咱老家也有，只是没那么多只鸭子。"

Alex横竖听不懂，所以左耳进右耳出。

"这些鸭子有主人吗？"张老先生接着问。

此时的Alex索性掏出手机打游戏，来个充耳不闻。

张老先生再怎么迟钝，也瞧出外孙不愿与自己交流，索性放他自由。

"Really？"Alex两眼发光，"我真的可以leave？"

"真的。"张老先生无奈地答，"如果你母亲问起，我会说你跟我一起上公园，不过中午吃饭时间你一定得回，否则容易穿帮。"

为了让外孙小虎不致于误会，张老先生说完还做了个吃饭的动作。

"I got it. I'll come home before noon. Don't worry."Alex答。

接下来的每一天，Alex的父母前脚一走，他后脚也跟着溜出去，不过每到中午12点，他还是会准时准点地出现，毕竟自己的零花钱不多，支撑不了天天外食。

一开始，张老先生把女儿从中餐厅带回来的剩菜剩饭加热了吃，被外孙抱怨几次后，菜色有了很大的进步。

"太delicious了。"Alex吃得眉开眼笑，"It's better than Beijing Duck."

为了讨好小虎，张老先生每天换着花样做，直到警察上门来，他才知道公园里的鸭子是受法律保护的。

"等等。"张老先生走回房间，再出来时，手里抓着几张钞票，"我有钱，多少钱我付了就是。"

"爸，"他女儿用普通话说，"这跟多少钱无关，公园里的鸭子不能抓，更不能杀来吃。"

"那怎么办？吃都吃了。"张老先生喃喃道。

此时的张老先生尚不知摊上了麻烦，但他女儿是知道的，所以跟警察好说歹说，才让自己的父亲免于牢狱之灾，但社区劳动是免不了的。

现在的张老先生每天都上公园打扫卫生，逢华人问起，他便表示自己是义工，不收钱的，让人油然而生钦佩之情……

（726）

住在北京的彭女士于这个月24日的白天搞丢了爱犬，心急之下，她拨打了市长热线。

"妈的，丢了狗也拨打市长热线，闲得很！"甲说。

"大白天还会丢狗，这人眼瞎了不成？"乙说。

"搞不好是借遛狗的名义开房去了。"丙说。

"听你这么一提，还真有此可能性，这狗也可怜，散个步还得帮主人打掩护。"丁说。

······

不过一天的工夫，彭女士便在社交平台上发布"狗找到了"的消息，并为浪费公共资源深表歉意。

发完消息，彭女士走遍大街小巷，像在寻找什么东西。

（727）

刘诗玉受不了老公被小三迷得七荤八素，决定以毒攻毒，找来自己的好闺密当小四。

按理说，只要是正常人皆会回绝这么奇葩的要求，可是余丹枫却答应下来（这当然与丰厚的金钱回报脱不了干系）。

面对主动送上来的美人，章丙阳这个老色鬼自然不会拒绝，很快便冷落小三，改宠小四。

刘诗玉一看不对劲，讲好的"功成身退"呢？

"诗诗，"余丹枫说，"我是想退，可是老章不许呀！"

这分明就是推脱之辞！

刘诗玉思前想后，最后做出退让——只要老公离开余丹枫，她对他的风流韵事便不再过问。

章丙阳这个老油条，当然不会为了一棵树，抛弃整座森林；余丹枫也做如是想，经此事后，她虽然失去刘诗玉这棵摇钱树，却多了其他富婆闺密，她们个个都妄想联合次要敌人，打击主要敌人……

（728）

参议员麦可·马丁内斯在任期内病故，根据宪法，乔纳州州长有权选择一位适当的人选来接替，直至下次选举结果揭晓。

目前的热门人选有三位，依序为杰克·史密斯、大卫·施米茨和女明星尤丽迪丝·泰戈。前两位的名气当然不若后者高，加上尤丽迪丝是一名激进的女权运动家，有她加入，一向被边缘化的乔纳州肯定声名鹊起。

正当大家以为尤丽迪丝就要代表乔纳州入驻参议院时，结果却大跌眼镜。

"我在此宣布由杰克·史密斯顶替故去的麦可·马丁内斯，成为参议院中的一员，继续为民众效力。杰克·史密斯是一位不可多得的人才，在担任大学副教授期间……”

乔纳州州长还在侃侃而谈，女明星尤丽迪丝·泰戈已经决定发起大型的抗议活动，直至州长承认错误为止。

可以想见，乔纳州就要声名鹊起了。


（注：这个意外"收获"并不在州长的计划內，他之所以选择杰克·史密斯，乃因难忘在某个政商聚会中，聚光灯全打在尤丽迪丝·泰戈的身上……）

（729）

当同学们利用闲暇时间打工赚取生活费时，小谢决定另辟蹊径，那就是写网文，兴许哪天也能像那些大神一样，轻轻松松就月入六位数。如此一来，大学毕业前就能实现财富自由，这岂不是比上奶茶店摇杯或骑车送外卖强？

想到做到，可是当他提笔时，却发现犹如千斤重，一个小时过去了，愣是一个字都写不出来。

"不行，我得找个师傅教教我。"他心想。

当小谢在网上发出寻找师傅的帖子后，引来一些不友善的言论，不过他不气馁，依旧持续发帖。皇天不负苦心人，半个月后，终于有个自称是写作老师的人联系上他，表示愿意无偿教他写作。

"太好了！"小谢兴奋非常，"我该如何称呼您？"

"就叫我小高好了。"

于是在小高老师的指导下，《洪一道师修仙记》的阅读量快速上升，直冲十万，平台立刻伸来橄榄枝，可是就在签约前，有读者发现《洪一道师修仙记》与无疆所著的《道君成仙记》雷同，连主要人物的设定都一样。

在此情况下，平台当然不敢贸然签约，不过能给予小谢自证清白的机会。

"我……我……我也不知道为什么会这样。"他答。

这个回复等于落实了抄袭，平台连夜下架《洪一道师修仙记》。与此同时，在另一个平台已连载多年，早过了高光时刻的《道君成仙记》，订阅量却激增，很快便破百万。

这场风暴最后以小谢面对面向原作者公开道歉，并录像为证结束。

“没事了，小伙子。”无疆拍拍小谢的肩膀，“不经一事，不长一智，以后别再抄袭就好了。”

“我听您的，小高老师。”

无疆愣了一下，最后苦笑道：“真是后生可畏呀！”

（730）

自从与小娅分手后，郑崇文哪哪都不顺，不是被狗追，就是一连拉了好几天肚子，他隐约感觉是小娅搞的鬼。

"出来，我有话问妳。"郑崇文打给前女友。

"没空！"

"那我上妳公司去。"

"别别别……我出来就是，等我五分钟。"

· · · ·

见面后，郑崇文直接质问："妳是不是给我作法了？否则我怎么事事皆闹心？"

"那叫多行不义必自毙！"她冷哼一声，"真是天道好轮回，苍天饶过谁？"

"妳就不心疼我？"

"我怎么心疼你？是你提的分手。"

"那……和好吧！"

"郑崇文，你没发烧吧？！"

经此一问，郑崇文提醒自己别犯傻，今天是来兴师问罪的，不是来求复合，结果话一说出口却是——我不管，要嘛复合，要嘛现在就解除施加在我身上的魔咒。

后来郭小娅和郑崇文不仅和好如初，两人还携手走上结婚殿堂。

噢！对了，在他俩婚后的十多年日子里，郑崇文总共被狗追过108次，拉肚子的次数也数不胜数，但他从未怀疑是妻子小娅搞的鬼，一次都没有……

## （731）

1999年，我的初中同学卫平安找到我，说想合伙开鞋厂。

"我对这行一窍不通，再说，我刚失业，囊空如洗，你找错人了。"我答。

"你对这行不了解没关系，我是你的合伙人，我了解就行，至于资金……你家在郊区不是有块地吗？拿来盖厂房正合适，就当出了钱。我呢，就负责前期的支出和销售，你只要盯着工人，别让他们偷懒就行。"

我家在台湾郊区是有块不大不小的地，最近有人出价2000万，父亲想着要不卖了吧！一部分拿来开补习班；另一部分则留给我娶妻。

当我把家里人的规划告诉卫平安时，他嗤之以鼻地说以他对我的了解，绝对应付不了啰哩啰嗦的家长们，至于娶妻……等鞋厂一开，财富自然源源不断地滚进来，到时候还怕娶不到老婆？

我想想也对，于是回家说服二老，刚开始还受阻，最后还是遂了我的意，谁让我是家里未来的顶梁柱？

鞋厂盖好后，我是名义上的老板，但因对业务不熟悉，很多事情还得仰赖卫平安，久而久之，他对我颇有怨言，而我也不高兴他总是自作主张，俨然幕后老板，不过看在鞋厂经营得不错的份上，我们二人还是"貌合神离"地走过近十个年头，直到2008年金融危机来袭，才不得不壮士断腕。

"哎！这些年赚的算是赔进去了。"卫平安有气无力地说，"机器我卖了，也没多少钱，就当是我的遣散费吧！"

想到我俩合伙做生意，他的付出的确比我多，没功劳也有苦劳，我遂答应了。

鞋厂正式关门的那一天，我站在厂房前良久，直至中介小章拍了一下我的肩膀，我才回过神来。

"徐老板，待会儿人来了，我们在哪里签合同？"小章问我。

"到厂房里签吧！虽然东西都搬得差不多了，但会客室的桌椅还在。"我答。

"现在行情不好，买家能出这个价已经很够意思了。"

"我知道，如果不是想提前退休，我大概也不会卖地。"

交易完成后，我的银行卡里多出了一笔钱。

"这一亿两千万元应该够我躺平下半辈子了吧？！"我心想。

（732）

上学那会儿，简少恩就曾暗恋过萧燕，那时的萧燕不仅功课好，人还长得美，如果说简少恩把一半的青春岁月都献给了她，一点儿也不为过。

后来，萧燕不负众望地考上北京的顶尖大学，名落孙山的简少恩这才断了念想。

白驹过隙，一眨眼，十几年的光阴匆匆而过。某天，简少恩浏览应聘简历，赫然发现其中有个叫萧燕的人。

"该不会是同名同姓吧？！"简少恩边想边凑到电脑屏幕前，"看着是有点儿像，但学校没对上，应该不是才对。"

几天后，HR对简少恩说通过面试的有两人，一个毕业于名牌大学，另一个则相对逊色，请他给个意见。

"别考虑名牌大学的那一个，我们的薪水不高，早晚留不住人。"他答。

后来简少恩才知道留下的那个叫萧燕，与他当年的暗恋对象实为同一人。

"妳……"简少恩张口结舌。

"简经理，这份文件需要您的签名。"萧燕说。

简少恩把递过来的文件翻到末页，直接大笔一挥，接着说："晚上我们敍敍旧。"

"不了，下班后我还得接儿子。"

"妳……结婚了？"

"离了，你呢？"

"……已谈婚论嫁。"

"恭喜了。"

接下来有好长一段时间，简少恩都没再见到萧燕，原因是他临时被调到楼上的另一个部门当代理总监。

某天下班后，简少恩在停车场"偶遇"萧燕。

"妳怎么还没去接儿子？"他问。

"先上车，"她快速回答，"别让其他同事看到。"

此时，简少恩才意识到这不是偶遇。

萧燕上车后，起初还有点儿支支吾吾，后来就口若悬河，谈话的重点有二，一是她认识了一个住在美国的有钱老头；二是她需要路费，好飞去美国与老头见面。

"妳就这么急不可耐？儿子怎么办？"他问。

"交给我母亲照顾，她也赞成我尽快找个伴儿。"

"找伴儿中国也能找，再说，公司不会批准妳请那么多天的假。"

"中国男人都想娶黄花大闺女，换你，你也不想娶个二婚的。"

无端被波及，简少恩选择沉默以对，萧燕只好把后半段的话说完——公司若不准假就辞职，事若成了，谁还稀罕回公司拿饿不死人的薪水？

简少恩琢磨了一下，看这势头，应该是向他借钱。

"妳想借多少？"他问。

"五万，但……如果方便的话，请多借给我一些，出门在外，口袋里若有钱，至少不心慌。"

五万块说多不多，但好歹也是辛苦钱，何况这钱借出去，八成是要不回来了。

见简少恩半天不吱声，萧燕开始诉苦，说若不是造化弄人，她也不会被学校退学，好不容易卷土重来，重考时又发挥得不够理想，勉强上了个二本。进入大学后，她使出浑身解数抓住一位优质男，原以为婚姻会给她带来幸福，结果却是遇人不淑。现在她把所有的希望都寄托在那个美国人身上，只要结了婚，她的后半生还会有翻牌的机会……

简少恩很想劝她理智点，外国的月亮不见得比较圆，但害怕萧燕误会他对她还有想法，所以决定按兵不动。

"你……你为什么不说话？我都那么低声下气了。"她语带哽咽，"上学那会儿你给我写过情书，你忘了吗？如果你怕钱打了水漂，我可以给你写欠条，外加利息。"

"利息免了，借钱给妳也没问题，只是……"

"你是不是怕结婚对象知道？放心，你不说，我不说，没人会知道。"萧燕指着前方酒店，"把车开到那里去。"

"这是干嘛？"他问。

"先付利息给你，本金我以后再还。"

后来，萧燕如愿坐上飞往美国的航班，而简少恩仍旧保持单身状态……

（注："有结婚对象"是简少恩杜撰出来的，不过貌似多此一举，因为萧燕再落魄也没把他放在结婚人选的名单上。）

（733）

3₅岁被辞退，一时没找到工作的孙多力决定出外散心，计划从成都一路骑机车进藏。

久闻川藏公路景色壮丽，几日下来，果真如此，那绵延不绝的雪山、那郁郁葱葱的森林、那一望无际的草原、那悬崖绝壁的峡谷……等，无不令人赞叹，然而这些都比不上接下来的一幕——平坦蜿蜒的公路上，有位自行车骑士缓慢骑行，身后跟着一条狗。

孙多力加速前进，当赶上时，多嘴说道：“你自己不累，也别累着狗。”

“狗不是我的，多次赶它也不走，我能怎么办？”自行车骑士边骑边无奈地答。

兴许是累了，此时的狗不再跟着，眼巴巴地望着两个男人渐行渐远。

"这下好了，成功摆脱了。"孙多力说。

哪知自行车骑士忽然掉头，把狗捡起后，重新上路。

"你这不是犯贱？"孙多力问。

"已经跟了五、六天，怎么也放心不下。"自行车骑士答。

孙多力想了想，他的摩托车总归比自行车跑得快，遂主动提出载狗一程，两人约好在前方约15公里处的折多山垭口碰面。

自行车的正常骑速是每小时12～20公里，换言之，再怎么折腾，两个小时应当足够，可是孙多力左等右等，就是不见那人的踪影。

"看来你的朋友不要你了，你还是走吧！"孙多力对狗说。

狗呜呜两声，样子很是可怜。

孙多力管不了那么多，跨上机车扬长而去，然而神奇的事情发生了，当他在高尔寺垭口停车休息时，赫然发现一个白色的身影向他跑来。

"你这个小傻瓜！"孙多力喊道，"就不怕死在公路上？"

骂归骂，看小狗又饥又渴的样子，孙多力还是让它分享自己的食物和饮水。

接下来的五天，小狗一直跟在孙多力身后。

"喂！"大货车经过时特意减速，司机探出头来，"你自己不累，也别累着狗。"

"狗不是我的，多次赶它也不走，我能怎么办？"孙多力边骑边无奈地答。

司机想了想，他的大货车总归比机车跑得快，座位还宽敞，遂主动提出载狗一程，两人约好在前方约50公里处的海子山垭口碰面。

大货车离去后，孙多力赶紧跟上，可是骑着骑着，他忽然减速下来，接着离开公路，往崎岖的小径骑去……

（734）

薛亮的母亲早逝，他的父亲很快又娶了一个，对于这位忽然出现的女人，薛亮打从心底排斥。

"亮亮，从今天起，这位就是你母亲，快喊妈。"他的父亲对他说。

薛亮咬紧牙根，一句话也不说。

"快喊呀！你这小子。"他父亲神情不悦地喝道。

"算了算了，得给孩子时间。"那女人转向薛亮，"亮亮，你以后就叫我崔阿姨吧！"

事实证明，这个崔阿姨并没有苛待继子，相反的，她尽可能地给予这个没妈的孩子足够的母爱，可是薛亮就是不肯喊她一声妈。

35年后，薛亮的父亲罹癌，临终前他当着所有亲属的面，要薛亮善待自己的母亲。

"她不是我妈。"薛亮说。

"就算非亲非故，相处了那么多年，好歹也有感情。"他父亲气若游丝地说。

"她是崔阿姨，不是我妈。"薛亮再次强调。

薛父病逝后，所有人都以为无后的崔阿姨会被扫地出门，再不济，晚年也会很凄凉，然而事实却大相径庭，薛亮不仅尽到赡养的义务，而且一照顾就是十多年。

"妳儿子真有孝心，"护士将点滴瓶挂上，"从妳住院，一直忙进忙出。"

"他不是我儿子。"崔氏说，"却胜似儿子。"

（735）

当陈奕迅的《好久不见》风靡全国时，钟立韦感觉歌词简直是为他而写的，记忆一下子跳回到从前……

"韦，你确定不跟我去洛杉矶？"钟立韦的女友问。

"我好不容易才找到体制内的工作，再说，我的英语不好，到那里只能依赖妳生活，届时妳会对我生厌。"他答。

后来两人一合计，等雅薰拿到硕士文凭，并且有了两年的工作经验后就回国，然而不过一年的光景，伊人便"电话不接、写信不回"，虽然没严重到绝交的程度，但实质已没有什么差别。

为了某种倔强和骨气，钟立韦首先寄出绝交信，这么一眨眼，二十年过去了，而他依旧单身。

某日，钟立韦忽然有了到美国一游的念头。

"怎么飞洛杉矶？该不会想找旧爱敍旧吧？！"清楚他过往的朋友问。

"怎么可能？我不过是想看看大峡谷，不得不先落地洛杉矶国际机场而已。"钟立韦答。

熟悉美国的都知道，离大峡谷最近的是位于亚利桑那州的弗拉格斯塔夫普里阿姆机场，非洛杉矶国际机场。

钟立韦也许骗过了别人，但骗不了与自己朝夕相处的母亲。

"儿啊！出国散散心也好，但可别把别人穿过的旧鞋又给拾回来。"他母亲意有所指地说。

算一算，雅薰也已经四十有五，这个年纪即使不结婚，想必感情生活也很丰富多彩。

"妈，妳想到哪里去了？"他拥住自己的母亲，"到时候给妳买洛杉矶最有名的香蕉面包哈！"

飞机抵达洛杉矶后，钟立韦立即在加州大学洛杉矶分校的附近住下，因为这所大学是雅薰的母校。

接下来的几天，如同《好久不见》那首歌的歌词一样，他走过了雅薰走过的路，甚至坐在街角的咖啡店，幻想着"没正式提分手"的女友会忽然出现，然后与他坐着聊聊天……

"这是你的咖啡，"一个看似学生的女服务员将咖啡放下，"你在等人吗？"

忽然听到乡音，钟立韦很是吃惊，脱口而出："什么？"

"我发现你天天来，而且眼睛总看向窗外，似乎在等人。"

"算是吧！只是那个人不知道我在等她。"

"有照片吗？我就住在附近，也许认识你在等的人。"

二十年前还流行纸质照片，钟立韦遂把皮夹里的照片拿出来，那名年轻女孩接过后目不转睛。

"怎么，妳认识？"钟立韦小心翼翼地问。

"这……这是家母呀！"

话音一落，钟立韦立即抢回照片，接着夺门而出，当晚便登上返回中国的航班。

后来有人问起钟立韦的美国行，他总自嘲这是一趟救赎之旅，让他不再心存幻想……

是的，那名女服务员是个肤白貌美的中美混血儿（原来雅薰嫁了个老美），而能住在加州大学洛杉矶分校附近，代表家境不俗，甚至说得上富裕。

"哎！我希望她过得好，但没料到她会过得这么好，衬得我像个傻子似的，简直欺负人！"钟立韦心有不甘地想着。

（736）

针对我家如何腰缠万贯这件事，华人圈子传得沸沸扬扬，我一概不予理会，可是独子已近30岁，怎么也该娶个媳妇儿，我不得不放下身段，与一些三姑六婆打交道。

"快三十岁了，的确该交朋友，令郎在哪里高就？"

问的最多的便是我儿在哪里上班的问题，哎！有的人就是不明白一个道理——当富到一定程度，就能钱生钱，根本无需劳动。

"他……他在家写作。"我答。

"噢！那就是作家，都写过哪些作品？"潜在说媒人继续问。

这话可不能乱答，因为很容易露馅儿，于是我说我回家问问，结果这么"一问"，答案变了。

"我儿子最近在谈一个项目，是商业机密，所以无可奉告。"

我自认答得天衣无缝，可是这些闲来无事，就会东家长李家短的妇女却不买单，纷纷表示女方绝对会问男方职业，如果闲赋在家，哪怕富到流油也不好使，毕竟"坐吃山空"也是可能的。

我呸！存款九亿的我，就算子孙坐吃山空也要好几代，然而说这些又有何用？只会给自己带来无穷无尽的麻烦而已。

与老婆商量过后，我决定帮儿子开一家书店，这样至少与文艺沾点儿边，看起来像个有为青年。

结果书店一开张，除了第一个礼拜在我和妻子的监督下，儿子勉强"坐店"外，其余皆"无为而治"，气得我血压骤升，差点儿住进医院。

"算了算了，反正也不靠书店过活，赶紧让孩子相亲才是要紧的事。"老婆对我说。

我想想也对，立马将"好消息"公之于众。

海外华人圈子本来就小，很快便有适婚女子请求见面，这实在是件好事，我立刻要儿子准备相亲。

"不去！"儿子斩钉截铁地答。

"这事可由不得你。"我说。

"如果不怕到时候我把你做过的丑事全抖出来，尽管安排！"

为了求富贵，我昧着良心搜刮民脂民膏至海外，这件事只有至亲及共同利益者知道。

"我是倒了八辈子血霉，才生出你这个不知感恩的东西！"我边说边气得全身发抖。

"这句话应该换人说才对。"

我愣了几秒钟，才发现自己被影射了，血压一上来，立即失去知觉。等醒来后，我被告知罹患中风，下半辈子不光不能正常生活，连上厕所也需要人帮忙。

为此我后悔了好一阵子，当初就不该发火，这下子费劲心机得来的钱再也无福消受。

虽然我的存款仍是九亿（不论我和家人怎么使劲花，总维持在这个数字，只是上下略有浮动），但我的幸福指数却是负九亿，这算不算恶有恶报？哎！

（737）

在短视频蔚为时代潮流的今日，只要有一些过人之处，加上资本炒作，很快就能掌握流量密码，好比"能吃辣"的汪喜花便是，她依据本身的这项特长吃了一波风口红利，成为拥有一百多万粉丝的网红。

都说人红是非多，同样能吃辣的大黑子粉丝看不惯汪喜花的狂妄（这是被打造出来的人设），跑到评论区捣乱；汪喜花的粉丝当然也不客气，立即给大黑子送上花圈，两派人马因此吵得不可开交。

也不知是哪个人提起的，反正一场"争霸战"吵着吵着就成真了，而且吃的还是令人闻风丧胆的龙息辣椒。

"那可是世界排名第一的辣椒啊！据说只是口含一下，舌头都能麻掉，我可不想白白送命。"汪喜花听闻后，立即打退堂鼓。

"妳若想留住粉丝，就得迎战，否则就回去继续养猪。"姜导满脸不悦地说。

既然团队导演都发话了，汪喜花怎么也得硬着头皮上阵。

到了比赛这一天，主持人对台下观众介绍起比赛规则——鉴于龙息辣椒的危险性，比赛时间定在一分钟，谁能在一分钟之内吃下最多辣椒便是优胜者。

当比赛的哨声响起，汪喜花慢慢拿起龙息辣椒，再慢慢递到嘴边，这个过程用了 10 秒钟。

"怎么还不倒地？"

汪喜花的脑海一产生这个念头，耳边立即传来碰的一声，她赶紧将辣椒塞入嘴里。

"快！快叫救护车。"主持人高喊着。

此时，汪喜花的粉丝高兴得手舞足蹈，而她嘴里的辣椒到底有没有咽下去，已经无人关心。

您若问汪喜花怎会想到利用拖延战术？其实这是她当年喂猪时所得到的启发——凡进食急不可耐的猪仔，往往第一个上断头台。

（738）

十多年前，梁五金的财务出了点儿问题，但他放不下身段借钱，直到年关将至，怎么也得让家人过个好年，这才向他的好兄弟（阿发）开口借五百块钱，哪知连那样小的金额也遭拒，这个打击无疑是巨大的，直接或间接促成《骨气包子铺》的诞生。

现在的梁五金已经拥有五家包子铺，每天的流水能做到五位数，按理说，他应该已经放下当年的心结，实际却非如此。

今日，梁五金忽闻阿发的生意发生周转不灵，债主已经将他家团团包围住，立即揣上五万块前去救急。

“阿金，谢谢你，钱我会尽快还上。”阿发低着头说。

“空口无凭，你还是写个借条吧！”他答。

等梁五金一走出阿发的家，立即将手中的借条撕个粉碎，纸屑像花瓣一样落下……

此时的梁五金才算真正放下心结。

（739）

一百多年前，王家兄弟阋墙，越吵越凶，终至不可调和，结局便是王家小弟负气出走，在河的另一边落地生根，而且为了彻底与本家划清界限，连姓也改了。

一百多年后，王家后人找来，喝令"汪"家立即认祖归宗，因为他们的身体里流淌的是王家的血脉。

"笑死人了，你说认祖归宗就认祖归宗，也不管我们愿不愿意？""汪"家子孙答复。

"正是，不管你们愿不愿意，都得照做，否则只能诉诸武力。"王家人说。

此时的"汪"家人还不明白对方来真的，依旧嘴硬，结局便是遍体鳞伤地全被押回本家。

将"流浪在外"的家人迎回家后，王家变得更加强大，因为河的另一边已被列入他家产业，而夹在两者间的河域也成了他家鱼塘，怎么说都划算！

$$(740)$$

聚会结束后，江淑萍怀着一肚子的酸水回家，她的女儿Shelly不明就里，高兴地对她说："妈，我刚烤了个舒芙蕾，妳要不要尝尝？"

"尝什么舒芙蕾？我都气饱了。"

"怎么回事？"

"还问怎么回事？Wendy考进五大投行，妳呢？只是个蛋糕师傅。"

从小到大，Shelly的母亲就常拿Wendy来打压她，她虽不满，却也无可奈何，谁让Wendy真的优秀。

几个月后，Wendy的母亲忽然打电话向江淑萍诉苦，原因是自己的女儿招呼都不打一声便与非裔男子登记结婚，更惨的是肚里还怀有身孕，这若生出个小黑人，Wendy的一生就毁了……

听到电话那头泣不成声，江淑萍赶紧好言相劝。等通话完毕，她立即拨打女儿的手机号。

"妈，什么事？"Shelly问。

"没……没什么，就想问妳好不好？"

"很好，只是工作忙，有时连午餐都吃不上。"

"那可不好，"她停顿了一下，"这样吧！今晚妳约男友回家，我煮顿好的给你们吃。"

Shelly的男友是一名影院售票员，金发，脸上有密密麻麻的雀斑，江淑萍老瞧他不顺眼，今日却主动请吃饭，很是蹊跷。

"妈，妳还好吧？！"Shelly小心地问。

"好，当然好，好得不能再好。"她答。

放下电话后，江淑萍边哼歌边把冰箱里的鸡蛋拿出来，那蛋壳的颜色像白人的皮肤一样白……

（741）

索萨总统一就任，很多文人墨客便对他口诛笔伐，原因在于他的上位史并不光彩。

面对铺天盖地而来的言语攻击，索萨总统很是心烦，他的机要秘书看出了端倪，主动把这件棘手的事给揽下来，结果不到半年就控制住舆论。

"你是如何办到的?"索萨总统问。

"报告总统先生，我成立了作家俱乐部，然后把骂您的人大多养起来。"机要秘书毕恭毕敬地答。

"大多?"

"嗯！总有几位收买不了，不过声音不大，撼动不了您的超然地位。"

"谁说的？"索萨总统指着报纸上的一篇文章，"这个叫苹果树的就把我骂得狗血淋头。"

"那……那是您的前妻啊！"

索萨总统皱了皱眉，机要秘书立即心领神会。几天后，社会救助会成立，设名誉会长一名，接受各界捐款……

年轻时的乔彤美得不可方物，然而终究没逃过岁月这把杀猪刀，她不得不寻求专业人士的帮助。

一开始，乔彤不过是打打针、做做激光治疗，看效果不错，又追加了项目，从此便在整容与修复之间来回跳跃，脸部也越发奇怪。

"妳的脸不能再整了，至少短期内不能。"医生对她说。

爱美的乔彤哪听得进去？她迫切想回到原来的状态，于是剑走偏锋，终于把自己整成了怪物。为此，她躲在家里，日日以泪洗面。

虽然已经足不出户，但"大明星乔彤整容失败"的消息还是不胫而走，面对接踵而至的采访要求，乔彤犹豫良久，最终还是全盘接受，心想就赚最后一笔，权当为自己攒养老钱。

现在的乔彤在冈比亚海滩晒太阳，脸部仍旧怪异，但挡不住非洲小哥哥们的热情，一口甜心，一口亲爱的，把她哄得很开心，仿佛又回到年轻时"众星拱月"的状态。

亲友们皆告诫乔彤千万别掉入爱情陷阱里，可是她才不管这些，美貌已不复存在，其他也没什么好失去，等金医生、麦医生、高医生、吴医生、薛医生给的封口费都花得差不多后，她再赴美整容，听说老美的钱更好赚，只要证据确凿，连死后地宫都能挣出来，如此这般，岂不美哉？

（743）

想当初考上北京的大学，温亿州也曾做过许多美梦，但自从被现实无情地鞭打后，他就想过过清闲的日子。思来想去，回家乡当教师是个不错的点子，既没有升迁压力，也很难失业，唯一的缺点就是薪水不高，但这不是什么大问题，一来他对吃住没要求，也不打算成家；二来平日最大的花销是买书，不过他已有渠道，能买到廉价且品相良好的二手书……

"早知今日，也不需要读大学了，咱这村，只要大专文凭就能当小学老师。"他的父亲叨念着。

"本来还想着到北京享福，"他的母亲接

着说，"这下子全泡汤了，我怎么这么命苦？"

面对两老的失望与不满，温亿州的应对方式是将每个月的赡养费提高到一千五，自己只留一千元，希望这个补偿能让父母少埋怨一些。

然而躲过家里人的轰炸，却没能逃过村里人的闲言碎语，温亿州忍无可忍，最后还是灰溜溜地重回大城市。

"你家阿州回北京了，这是好事，留在村里能有什么出息？"有好事者说。

温家两老笑得很苦涩，以前好歹还有一千五的赡养费可拿，现在则是一分钱也没有，有时甚至还得倒贴，如果这就是出息，还真讽刺！

（744）

老周结婚得晚，好不容易得来一子，可惜脑子不行。

某天，口无遮拦的马大爷对老周说："我看你家儿子傻不愣登的，还是送特殊学校吧！"

"你才傻呢！你们全家都傻，信不信我打你？"

看老周抡起锄头，马大爷立即脚底抹油，还是保命要紧。

听说马大爷差点儿挂彩，这提醒村长得小心说话，在话过家常后，他导入正题。

"我看你家球球挺机灵的。"村长说。

"哪里机灵了？连数数儿都不会，前两天还尿裤子，被我一顿好揍。"老周答。

"用拳头可不行，孩子得教。"

"媳妇儿跑了，农事又这么忙，我哪有时间教？"

村长接着告诉老周有关镇上特殊学校的种种。

"不行！"老周猛摇头，"若把球球送进特殊学校，岂不证实他就是个傻子？"

"那你落伍了，只听过越教越聪明，没听过越教越笨，何况特殊学校的老师们都是高学历，且受过专门的培训，让球球每天都处在学习的氛围中，不比在家无所事事强？"

老周想了想，村长所言不无道理，于是同意让自己的儿子上特殊学校。

自从上了特殊学校后，球球能从1数到100，也不会随地大小便，老周感到很欣慰。

某天，口无遮拦的马大爷又来了，他对

老周说："我看你家儿子没那么傻了，这都是学校老师的功劳。"

"我家儿子是不傻了，但你很傻。"

"什么意思？"

马大爷话一问完，一个拳头挥了过来。

（745）

认识利秋的人都说她很独立，属于不给团体拖后腿的那类人，不过她不给别人拖后腿，不代表别人不会给她拖后腿。

"我肚子饿了。"南茜说。

"下楼右转有几家餐厅。"利秋答。

"已经夜里11点多了。"南茜又说。

"多找几家，应该还有营业的。"利秋又答。

"我不是那个意思，而是时间晚了，我怕有危险。"

"那吃饼干或泡面。"

"我们是出来旅行，又不是出来逃难，何苦虐待自己？"

利秋欲言又止，最后还是把抱怨的话吞进肚里去，转而陪南茜到大街上觅食。

说起南茜，利秋与她认识还不到72小时（网上聊天不算），就已经蓄满一肚子的苦水，还好这次是个短程旅行，再忍个24小时就能解脱，不像上回，结结实实在沙漠里待了21天，天天度日如年，导致她发下毒誓——若再找旅游搭子，她就是小狗！

后来之所以自打嘴巴，还是因为钱，少了旅游搭子平摊费用，她的旅游次数和天数减少很多，对于旅游成瘾的人来说，这个损失太大了，她宁愿不婚不育，也不愿错过与世界近距离接触的机会。

这次从多伦多回来后，利秋只安静了三个月，便又开始在社交平台上发布帖子，不到半天的工夫，一个叫大卫的人联系了她。

"不好意思，帖子上写得很清楚，我找的是女搭子。"利秋回复。

"实话告诉妳，虽然我的官方身份是个男的，但内心是个女的，妳能理解吗？"大卫问。

利秋当然能理解，她旅游过那么多国家，什么新奇的事没见过？何况过去的经验告诉她100个女搭子有100个奇葩方式，若不是为了安全着想，她宁愿找个男的。

如今大卫表明自己的性取向，利秋便顺水推舟，开启另一种旅游模式。

一个月后，利秋与大卫行经拉斯维加斯，两人脑子一热，登记结婚了。

（注：根据利秋的说法，她与大卫相处愉快，结婚是为了省去寻找旅游搭子的麻烦。）

当晚，大卫爬上利秋的床，说："亲爱的，我得向妳坦白，其实……我的内心是个男的。"

利秋拍拍他的肩膀，道："没关系，我换衣服的时候，你闭上眼睛就行。"

（746）

蒋自忠在旅游景点开了一家民宿，由于竞争激烈，经营得很辛苦。某日夜里，一家三口走进他的民宿。

"标间一晚两百元，押金五百。"蒋自忠说。

"我身上的现金不够，能明天中午再付吗？"男的说，"明天中午我妹夫会开车过来接我们，到时候就有钱了。"

蒋自忠不喜欢客人赊账，但一想到今晚只开了两间房，再这么下去，迟早倒闭，只好勉为其难地答应了。

次日临近中午，果然有人来找这一家三口，蒋自忠遂打电话通知客人，可是却

116

无人接听，上门一探，这才发现三人已死亡，地上有木炭燃烧过的痕迹。

蒋自忠简直不敢相信这么倒霉的事会发生在自己身上，房费没收到不说，还摊上三条人命，这消息一出，还会有人上门投宿吗？

更加令人无语的是，房东后来以"拉低房价"的名义起诉承租的蒋自忠，经讨价还价，以三万元和解。

三万元虽不多，但蒋自忠已经无心经营，最后以极低的价格转让出去。

"哎！这些年赚的，算是亏进去了。"他边抽烟边感慨，"现在只能将希望寄托在彩票上。"

据说人倒霉到了极点，偏财运反而旺盛，何况那一家三口还亏欠他，有了鬼魂力量的加持，蒋自忠相信这期一定能中……

也只有在这时候，蒋自忠才能毫无怨言地原谅这家人，说到底，"迷信"也不是一无是处呀！

（747）

庄爱渝认为再也没有任何人比她的老公更加优秀，这个男人不仅学识渊博，而且身材比例绝佳，只有经过特别打造，才可能有如此完美的人。

"这不就好了吗？妳还有什么不满意？"心理医生问她。

"我老公虽好，但他不爱我。"庄爱渝答。

"妳如何知道他不爱妳？"心理医生又问。

"我们同床不同被，呃……正确地说是他从不盖被。"

118

"不盖被？冬天也是吗？"

"是的，再冷也不盖。"

"这倒新鲜！"心理医生思考了一下，"除了这个，还有什么异常之处？"

"他知道什么是爱，但他不知如何去爱，譬如当我感冒时，他会为我配好药，同时告诉我用量，但不会嘘寒问暖，哪怕盛碗汤给我，也是奢求，因为他说盛汤是小芳的工作。"

"小芳？"

"嗯！小芳是我家的厨子，会做出整桌的酒席，我认为再也没有任何厨子比她更加优秀。"

"这不就好了吗？老公给妳配药、厨子为妳盛汤，妳还有什么不满意？"心理医生问她。

庄爱渝看着眼前的心理医生良久，心想："这个机器人可真冷血，一点儿同情心和同理心也没有，肯定是哪里出了问题。哎！截至目前为止，设计出来的三款机器人，也只有小芳零失误，看来我还得加把劲……"

（748）

打从今年夏天起，各家书店都出现了一本奇怪的书《我的一天》，作者为冷眼旁观，书的前言只有五个字——这才是生活！

如果说前言还算正常（起码简单明了），正文就铁定不正常，因为通篇皆是记流水账，且精确到以秒为单位，好比某时某分某秒吃了一口橘子，再到某时某分某秒吐了一口痰，全巨细靡遗地记录下来，让人瞠目结舌。而更令人不解的是此类垃圾文竟然还有销量（貌似还不错），气死在写作路上披荆斩棘的作家们。

"你为什么买《我的一天》？"小文问小唐，"我连触碰到这本书都觉得掉价。"

“因为作者借文字来表现行为艺术，这是划时代的创新，具有重大意义。”小唐答，“讲到行为艺术，乃指在特定的时间和地点，由个人行为或群体行为所构成的一门艺术，通常通过肢体动作来表达，所以又称身体艺术。如今又多了一种表现方式，放眼古今，绝无仅有……”

小唐还在侃侃而谈，而小文已经决定待会儿就上书店买这本奇书去！

（749）

2o3o年，AI（人工智能，Artificial Intelligence的简称）文大行其道，只要下载软件，再输入文章类型、男女主角性格、结局走向等，不到一分钟，一本专为个人定制的电子书便完成了。

这个风向让出版行业雪上加霜，连畅销书作家的地位也岌岌可危，取而代之的是Al作家，譬如Jennifer、小丁和老五等，它们皆有非常显明的个性化写作风格，而且几秒钟就能完成一部十万字以上的长篇作品，所以广受读者欢迎。

眼看"卖文谋生"无望，大批出版社和全职写作人员只能改弦易辙……

"文总，您写的这本书实在太精彩了，只需稍微润色一下就很完美。"出版社的李编辑说。

"我不要AI修改，"文总答，"那太一般了，现在到处都是AI文。"

"当然当然，"李编辑点头如捣蒜，"我们出版社提供的正是人工润色服务，机器太廉价了，显示不出作品的伟大之处。"

后来李编辑把文总写的小说交给曾经的文坛大师易光之修改，言明一定不能有AI的痕迹。

易光之正愁无处发泄对AI的仇恨，当然卯足全力修改，一年后，一本旷世杰作诞生了。

"不错不错，"文总边读边点头，"人工润色的就是不一样。"

现在文总的书房里已经有二十多本以自己的名字署名的著作，每一本都是精品，日后将成为遗产的一部分传给下一代，在快餐文学充斥的当下，显得无比稀缺与珍贵……

（750）

郑世则和冯双双分手时，他们让共同领养的狗选择跟爹地还是妈咪，结果小白选择了妈咪。

"这样也好，"郑世则想着，"平常我工作忙，没空遛狗。"

看似和平分手，哪知半年后再起波澜，原因是冯双双即将再婚，对方有一只五岁大的牛头梗。

"既然妳要嫁人了，对方也有一只狗，小白就让给我吧！"郑世则说。

"开什么玩笑？小白一直跟着我，就像我的家人一样，谁会把家人拱手让给陌生人？"冯双双答。

起初，郑世则并不诚心要小白，不过是找借口探一探旧情人是否真的要结婚，当得知自己已被贬为陌生人时，骤然来气，想要回小白的心也变得无比坚定，到最后竟剑走偏锋，绑架了小白。

"既然你这么想要，我把小白让给你，只要你待它好。"冯双双很不舍地说。

"不用妳提醒，谁会待自己的家人不好？"郑世则赌气地答。

到了冯双双成婚的那一天，郑世则把小白带到山上遗弃，这只狗是他和冯双双仅有的联系，现在联系没了，他才能重新出发……

（751）

姜雪妍被公司辞退后，拿着N+3的赔偿金飞到泰国，打算旅居一阵子，并尝试当数字游民的可能性，可是不到3个月，她便杀回国，同时各种吐槽，包括天气热、道路不平整、交通混乱、食物难吃……等等。

"不会吧？！"段彩英说，"我去过泰国，虽然妳提的缺点不假，但与它的美景和悠闲一比，都是小事。"

"妳多待几天就知道，"姜雪妍答，"长居与短居终究不同。"

闺密团又七嘴八舌了一番，直到近午夜才解散。

126

回到出租屋的姜雪妍和衣躺在床上，脑海中尽是有关泰国种种，那耀眼的阳光、一望无际的果冻海、香味扑鼻的打抛饭、总是笑口常开的当地人……共同编织成一段美好的回忆，她很想继续待下去，奈何口袋里的钱不允许，哎……

（752）

全职写作近十年，曾在扬还是没能写出点儿名堂，他陷入深深的自我怀疑之中。某天，他偶遇小学同学黄某，谈了一下彼此的近况，黄某建议他去拜佛。

"拜佛有用吗？"他问。

"死马当活马医啰！就算没用，对你也没什么损失。"黄某答。

曾在扬想想也对，即日便到邻近庙宇上香。拜佛过后的当日夜里，他梦到神明对他说："你不是文曲星转世，强求也没用。"

"拜托了！"曾在扬跪了下去，"我一定得成名，即使牺牲生命也在所不惜！"

"你可想好了。"

"我想好了，绝不后悔！"

梦醒后，曾在扬文思泉涌，下笔有如神助。一年后，他赢得全国文学大赛的首奖，从此像开了挂似的，成了别人口中的文坛大师……

"儿啊！你怎么无精打采的？是不是有什么烦心事？"他母亲问。

"最近我常常在想如果人生是有意义的，那么三岛由纪夫、川端康成、海明威、赫拉巴尔等巨擘为什么要自杀？我的成就没他们那么高，却还苟活着，这本身就是个笑话！"曾在扬答。

他母亲一听，这可不妙，强拉儿子出外散心，当行经庙宇时，曾在扬表示自己想进去拜一拜。

"也好，咱们买柱香吧！"他母亲说。

拜佛过后的当日夜里，曾在扬又梦到神明对他说："欲握玫瑰，必承其伤，再这么下去，你母亲就要白发人送黑发人了。"

"既然这样，让我走原本该走的路吧！"他答。

"你可想好了。"

"我想好了，与其走火入魔，我宁愿当个普通人！"

梦醒后，曾在扬能感觉到自己的写作功力大不如前，但他快乐许多，能尝出食物的美味，也能对发生的事做出反应，这是以前想都不敢想的奢望。

"这个世界也许少了一个文学巨匠，但我的世界却多了一份泰然，人啊！还是得接受自己的平凡。"曾在扬心想着。

# （753）

吃完早饭，黎老太太把一天该用的东西全放进自己的公文包里，接着出门。

"黎奶奶，又上班去了？"同小区的苏大妈问起。

"是的，朝九晚六也挺累人的。"她自嘲。

黎老太太每天都上小区的图书室报到，逢人便说那是她的工作室，他人也不点破，谁会跟一个七旬老人较真？

当时针指向I2点o5分，有个人走进图书室，把一个三层手提便当盒递给黎老太太，说："这是今天的中饭。"

黎老太太吃完便当，便在图书室的三人座沙发上躺下，等午觉醒来，已近下午四点，她赶紧换上跑步鞋。

"看！那个跑步的就是把患病老公扔在家里，自己躲进图书室的黎奶奶。"季大姐说。

"患病？患什么病？"朱大爷问。

"老年痴呆症呗！怕有一年了。"

"就这么把老年痴呆症患者留在家里，岂不危险？"

"大概怕别人说闲话，请了个保姆照看，这个保姆除了看护病人，还得给黎奶奶送饭。"

"啧啧啧……黎奶奶可真会享受。"

"可不是吗？"

正在跑步的黎老太太听到了话屑子，但不动声色。

等时间来到5点50分，黎老太太左手拿着公文包，右手提着便当盒回家去。

"今天老头子怎么样？"黎老太太问家里的保姆。

"挺好的。"保姆脱下身上的围裙，"晚饭煮好了，汤也炖好了，今天我还打扫了卫生间。"

当保姆离开后，黎老太太接手晚班的工作，有了白天的放松，她觉得自己应该能应付，谁让两老的退休金加上儿子给的赡养费仍不够请个住家保姆，为了长远计，她只能出此下策……

（754）

Bella上纽约玩，发现路边有人摆摊卖包，上面还有防盗扣。

"怎么你的包还有防盗扣？"Bella问老黑。

"零元购听过没？这代表我卖的是真货。"老黑骄傲地答。

Bella看着散落一地的名牌包，懊恼地说可惜没有她钟意的牌子。

"妳钟意什么牌子？"老黑问。

"爱马仕kelly 包，25尺寸，颜色是大象灰。"

"没问题，过两天妳到河对岸，我肯定给妳。"

过了两天，Bella如约而至，可是老黑却说没抢到她想要的，只抢到一个儿童用手包。

Bella一看，这不是有钱也买不到的"爱马仕小房子"吗？当下便掏钱买下。

待Bella走后，老黑立即转移阵地，他得赶在客人察觉有异前开溜，再晚就来不及了。


（注：零元购乃网络流行语，指对奢侈品店、大型连锁店、街头小商铺等实施"快闪"式抢劫。）

（755）

**说**起Des，他是高开低走的典范，最后还落得横死街头，令人不胜唏嘘。

"不公平！"Des对上帝说，"祢为何要如此羞辱我？"

上帝平静地答："我没有羞辱你，这个人生是你一早就定下的。"

Des当然不信，于是上帝抽出一份卷宗递给他，上面清清楚楚记载他何时获得青少年十佳殊荣？何时公费出国？何时就职世界五大律所？何时受贿入狱？何时妻离子散？何时成为流浪汉？何时被街头混混围殴致死？

"这……这是我决定的？"Des难以置信地问。

"是的，本来就职五大律所后，你会成为律所合伙人，接着过上人人称羡的富裕生活，但你觉得这样的安排太一般，想来点儿不一样的，最好能夸张到令人惊掉下巴来。"

Des仍不愿相信自己会如此愚蠢。

"那好，"上帝把一本空白卷宗递过去，"接下来的这辈子，你可以做出不同的决定。"

Des兴奋地写下一个完美人生，包括提早实现财务自由，并且家庭美满、儿孙满堂。

"多无聊！"坐在Des身旁的Messiah探过头来，"你看看我写的，这才具备挑战性！"

Des一瞧，果然九死一生。

"可是我不想活得这么累。"Des说。

"那也行，"Messiah答，"但总得有难度吧？！太容易就获得，只能说明你本质上就是个懦夫！"

Des最受不了被激将，于是把写过的擦掉，重写的内容堪称凶多吉少，可说是劫后余生。

"这下子没人说我是懦夫了吧？！" Des自豪地想着。

（756）

尤婉珍从小就能看到别人看不到的人，但她都守口如瓶，直到有个老爷爷跟她一起回家。

"妈，厨房里的老爷爷为什么还不走？"尤婉珍忍不住问母亲。

她母亲走到厨房核实过后，很生气地说："哪有什么老爷爷？妳就是电视看太多，还不快去写功课！"

尤婉珍就知道会是这个结果，从此更加三缄其口。

这么一晃眼，二十多年过去了，时间来到尤婉珍的归宁日，她和新婚丈夫被亲戚簇拥着拍了几张团体照，照片送到这对新人手里时，已是好几天以后的事。

"拍得挺好的，只是其中有一张怪怪的，妳母亲好像在打苍蝇。"她老公说。

尤婉珍记得很清楚，回娘家的那天一直有个猥琐大叔跟着她，拍照时还不请自来，就挤在她和母亲之间……

望着手中的"怪"照片良久后，尤婉珍决定打电话一探虚实。

"照片拍得很好，"尤婉珍说，"只是其中一张拍坏了，阿良说妳好像在打苍蝇。"

"打什么苍蝇？"她母亲冲口而出，"我打的是人。"

此刻的尤婉珍已经吓得说不出话来。

突来的沉默让她母亲意识到说错话了，赶紧改口自己的确在打苍蝇。

"什么时候的事？"尤婉珍问，声音带着严肃。

"打小就这样。"她母亲答。

"那妳还……"

"这不是保护妳吗？"

听母亲这么一说，尤婉珍不由自主地抚摸自己微突的小腹，心想这个小生命可

千万得“正常”啊！否则历史又要重演了
。

（757）

米国二王子娶了个不省心的女人，把王室搞得乌烟瘴气，这让国王和王储很是不满。

"父王，再这么下去，我恐怕继位无望了。"王储忧心忡忡地说。

国王也清楚现在的新生代很反感王室的存在，再经这么一闹，形势更加不妙，王储的担忧不无道理。

"别担心，我自有打算。"国王答。

几个月后，二王子及其夫人双双车祸身亡，消息传来，举世震惊。

"父王，为什么？"王储问。

"为了替你扫除障碍。"国王答。

"那也不用连……"

"不这么做的话，恐怕难杜悠悠众口。"

葬礼过后，王室的支持率达到历史新高，因为民众普遍认为王室遭遇劫难，此刻不应该站在对立面。

见状，国王因势利导，很快宣布退位，让王储成为新国王。哪晓得几年过后，王室还是被推翻，"老"国王气得捶胸顿足。

"父王，您是不是生气白杀了人？"末代国王问。

"不，我是生气从现在起得自己关车门，而我还没准备好接受这么掉价的事！"

（758）

农民亚伯勒的庄稼被羊群踩坏了，他怀疑是牧民安东尼搞的鬼，可是如果诉诸法院，万一法官裁定"司法决斗"，体型矮小的他根本打不过安东尼，这如何是好？

几日过后，伐木工人雅各的斧头柄上有个缺口，看样子像是被动物啃过，他怀疑是安东尼家的羊搞的鬼，遂将对方告上法院，然而审理该案的法官却没有裁定"司法决斗"，反而检查起村庄里所有牲畜的牙齿，因为斧头柄上有微量的血迹，应该是啃咬时留下的。

当法官辗转来到亚伯勒家里时，屋主忽然成了哑巴。

"你家有几只牲畜？"法官问。

亚伯勒摆摆手。

"你的意思是没有？"法官又问。

亚伯勒点点头，依旧不肯开口。

由于没能在村庄里找到可疑的牲畜，法官只好让雅各与安东尼决斗，把决定权交给上帝。

当雅各获胜的消息传来时，亚伯勒开心地笑了，露出只剩半截的上颚正门牙……

（注：公元501年，勃艮第国王贡德鲍规定决斗可以视为一种司法审判手段，因为上帝会保证说真话的那个人在决斗中获胜。）

（759）

渡边医生是渐冻症方面的专家，但直至他的父亲因呼吸衰竭而亡，他也没能研究出什么特效药来，反倒让身为研究对象的父亲受了不少罪，甚至延长了痛苦的时间，渡边医生为此很是自责。

这一天，病房里来了一位已到了渐冻症中期的病人，家属希望能延长她的寿命，因为公司正处于生死存亡之际，倘若掌门人有个三长两短，只会加速公司倒闭。

"医生，我还剩多少时间？"

短短一句问话，铃木小姐花了近一分钟才说完。

"每个人的状况不同，一般在2～5年。"渡边医生答。

铃木小姐又问渐冻症的晚期表现为何？当得知真相后，眼露哀戚。

"我知道这听起来很令人气馁，但也许明天就有特效药上市，谁知道呢？所以还是要对未来有信心，加油！"

话说得满满当当，但身为最前线的医务人员，渡边医生清楚地知道此症目前的治愈率为０，只能眼睁睁看着自己渐渐僵硬，然后死去……

一个月后的某天，铃木小姐支开看护，向渡边医生表达希望安乐死的愿望。

"可是日本不允许安乐死，您可以上瑞士试试。"渡边医生建议。

铃木小姐表示自己的家人不会同意，所以才要拜托医生，如果渡边医生愿意帮忙，她便把手腕上的钻表送给他。

"抱歉，我爱莫能助。"渡边医生答。

这个结果让铃木小姐很是失望，可是几日过后的一个夜里，渡边医生却来到铃木小姐的病床前，同时支开看护。

"铃木小姐，我来是为了告诉妳——我愿意协助妳安乐死。"渡边医生说。

铃木小姐露出感激的眼神。

"妳想何时开始？"渡边医生接着问。

铃木小姐努了努嘴，老半天才挤出"现在"。

"现在？妳不需要做准备吗？譬如见见亲人。"他说。

铃木小姐又努了努嘴，老半天才挤出"不需要"，接着望向自己的左手腕。

渡边医生立即心领神会，他表示自己不要铃木小姐的钻表，帮她乃心甘情愿。

此时，铃木小姐发出咿咿呀呀的声音，似乎很着急的样子。

"妳别急，我收下就是。"

当渡边医生取下钻表时，铃木小姐长舒一口气，现在她终于可以放下心中巨石，无憾地走向生命尽头……

然而正是因为收下病人的礼物，渡边医生的刑期又多了三年。

"你准备好了吗？"看守所的民警问渡边

医生，“若准备好了，我现在就转移你至监狱。”

“等等，我想先祷告一下。”渡边医生答。

当民警发现不对时，渡边医生已经死去，尸检报告显示他服用的是高剂量的镇静剂，一般人买不到，也意识不到那样小的药片会具备什么危险性。

时间回到铃木小姐初次表达希望安乐死的那一天，下班回到家的渡边医生忽然难以抬头，舌头也抽搐起来，加上过去几个月的经常性跌倒，他判断自己依然没能逃过遗传的魔咒……

（760）

因为打包问题，所有食客的目光都投向同一张桌子。

"我问你，"贾雯莉一副盛气凌人的样子，"主菜是不是固定的？那么我把鸡排打包回家有什么问题？"

"主菜的确是固定的，"餐厅经理答，"但一个人的食量有限，如果大家都像您一样，不吃主菜，光吃沙拉吧，我们餐厅就要亏死了。"

这样的解释非但没有平息贾雯莉的怒火，反而火上加油。眼见事情就要越闹越大，餐厅经理只好息事宁人，同意让顾客打包。

离开餐厅后，贾雯莉眉飞色舞，似乎还沉浸在胜利的喜悦之中，可是一旁的钱绍兴却眉头深锁。

"兴，你怎么了？"贾雯莉问男友。

"我有点儿头疼，大概感冒了。"他答。

"既然不舒服，我就不说你了，不过以后别人欺负我时，你可不能像方才一样闷声大发财喔！"

钱绍兴一听，心直直往下落。

几个星期后，钱绍兴单方面提出分手，贾雯莉当然不肯善罢甘休，非要他给个说法。

"没有理由，都是我的错。"钱绍兴答。

此事后来闹腾了很久才落幕，两人从此结下梁子。

这一天，钱绍兴在地铁车厢内偶遇"前"女友，正不知所措时，熟悉的声音传来。

"不要脸！摸我屁股。"贾雯莉对一个男人大吼，"你是多久没见过女人？信不信我告你！"

车厢内的乘客纷纷举起手机拍照或录像

，也不知是见义勇为，还是纯属看热闹不嫌事大。

钱绍兴见状，并没有挺身而出，而是走向另一节车厢。

是的，他就是只缩头龟，可气的是，竟然还是只令人同情的缩头龟。

（761）

简阿婆已经65岁了，原本以为可以含饴弄孙、颐养天年，无奈儿子不争气，欠下一屁股债，不得已，她只能贩卖故事，好减轻家庭负担。

第一个来找简阿婆的是一名大龄单身女青年，此人大致介绍了自己的基本情况。

简阿婆稍微整理一下思绪后，开始说故事：

一年后，尤舒心向公司提出辞呈，然后带上所有的积蓄远赴他乡，每天过着粗茶淡饭，却又怡然自得的生活。有一天，一位与她年纪相仿且颇有教养的男士经过她租下的小院，两人简短打了声招呼……

"后来呢？"尤舒心急切地问。

"后来得问妳啊！"

尤舒心听完，犹如醍醐灌顶，钱也付得爽快。

第二个来找简阿婆的是一名失意画家，他已经画了一屋子的画，依然乏人问津，他很迷茫，不知该不该继续画下去。

简阿婆听完陈述，沉默了一会儿后，开始说故事：

做画来到第15个年头，某天，丁程宇接到一通电话……

"谁打来的？"丁程宇迫切地问。

"一个有钱人。"简阿婆答。

"有钱人为什么要给我打电话？"

"你说有钱人为什么要给你打电话？"

这个反问让丁程宇茅塞顿开，钱也付得爽快。

第三个来找简阿婆的是……

· · · ·

"停停停……"影视公司的出品部经理喊道，"什么乱七八糟的框架？谁会想看一个阿婆贩卖故事？再说，那样的人能贩卖出什么好故事？"

"你也别急着否定，"制片人开口，"让孙策划说完。"

既然制片人都发话了，出品部经理只能按捺住怒火，暂时不发表意见。


第三个来找简阿婆的是影视公司的制片人，过去几年，他为公司制作了不下十部电影，虽也曾激起过一些水花，但截至目前为止，没有一部不亏，如果即将开拍的这一部再不赚钱，他就得履行当初的承诺，回去继承家业……


"那部电影后来赚没赚钱？"坐在现场的制片人忽然插嘴问。

孙策划深吸一口气后，答："赚了。"

（762）

一开始，庄美乔拍的是生活Vlog，然而观看的人寥寥无几，于是她改变策略，只拍美食，每天吃吃喝喝，体重也扶摇直上。

本来这是一件令人不快且烦恼的事，但随着关注及点赞人数的增加，庄美乔发现她的发胖满足了某些人的猎奇心理，无意间掌握了流量密码。

"美乔，妳再这么胖下去，小心妳老公不要妳了。"她母亲提出忠告。

"才不会！"庄美乔嗤之以鼻，"我现在的收入比他高，他该担心的是我会不会不要他？"

有了金钱加持，庄美乔敞开了吃，体重也由原先的103斤暴增到如今的225斤，医生说若再不减肥，她的退化性关节炎很可能让她走不了路，从此以轮椅代步。

考虑再三，庄美乔决定减肥，这个过程无比艰辛，而更令她痛苦的是粉丝数骤减到不及原来的一半。

"很好，妳已经降到标准体重，从现在起可以正常饮食了。"十八个月后，医生对她说。

所谓的标准体重对亚洲人来说实属微胖，庄美乔不满意，所以继续减肥，日常饮食也从清淡转为无油无糖，严苛到近乎变态。

可喜的是，当人们发现镜头里有个形销骨立的女人在啃生菜时，纷纷予以关注，很快，庄美乔又成了拥有百万粉丝的大网红。

某天，医生对她说："妳的身体状况已经造成闭经和重度贫血，若再不增肥，后果自负！"

为了健康着想，这次庄美乔增肥到103斤即止，然后转换跑道卖货，现在小庄直播间卖得最好的是瘦身汤和增肥奶粉，这两样，她一样也没尝过。

## （763）

**婚**前，纪文强特意到日本的某个知名工作室，要那里的师傅根据女友田素素的照片进行雕刻。

几个月后，纪文强收到成品，把玩一阵后，将雕像置于书桌上，早晚都要打上几次照面。

在田素素眼里，这是爱的表现，所以即使婚后被习惯性家暴，只要丈夫萌生悔意，她都会原谅。

这一天在书房内，两口子因家用问题一言不和，眼看丈夫又要举起拳头，田素素快速从书桌上拿起雕像，质问他当初的爱意哪里去了？

"放下，"纪文强神色紧张，"有话好好说。"

田素素不了解，明明真人就在眼前，怎么丈夫好像更舍不得那块石头？

"你还想打我不？"田素素问。

"不打了，不打了，妳赶紧放下。"

等田素素一放下，纪文强立即将雕像捧在手心里，仔细观察是否完好。

这太不正常了！而更令人起疑的是此事过后，雕像进了银行保险箱，连田素素也不知道密码为何。

"这听起来的确蹊跷，"田素素的闺密眉头一紧，"那个雕像贵吗？"

"不贵，也就是块白色石头。"

田素素回答得没错，只是这块白色石头通常被唤为羊脂白玉，属于白玉中的极品，几万元一克，即使雕的是枯枝败叶，也不减它的价值。

（764）

William 不明白像父亲这样的保皇党为什么会在皇室垮台后，立即站在新政府这一边？

带着这个疑问，William度过了十数个寒暑。某天，他任职的公司被收购，新老板给旧员工下最后通牒：三天内得签新的劳动合同，不签的滚蛋！

此时的William终于明白父亲当年的心思，他果断签了新合同，不带一丝犹豫。

（765）

从小，夏云的母亲总告诉她要当一个幸福的女人。有一天，她终于开口问母亲要如何办到？

"找一个像妳父亲一样的男人就行。"她母亲答。

在夏云的记忆里，她的父亲包办了家里的大小事（连照顾她的保姆都是父亲请的），而母亲只需负责微笑和貌美如花。

"这不公平！"她小声地说。

夏云以为母亲会辩白几句，结果没有，因为此刻的她更关心自己的眉毛画歪了没？

成年后的夏云执意要找一个不同于自己父亲的男人，她也做到了，可是……

"小宝昨晚哭了一整夜，妳睡死了吗？"

"我的毛衣在哪里？不是黑色那一件，是灰的。"

"今天的酸菜鱼没煮出味道来。"

"我的机票订了没？回头给我收据，我好跟公司报销。"

"下个月轮到爸妈跟我们住，妳把房间收拾干净，还有，我妈吃素，妳得分开煮，别忘了。"

婚后，夏云包办了家里的大小事，且刻意压抑自己的不满，但老公还是有一千个不满意，她不知道自己做错了什么？

"我完全感觉不到幸福。"某日争吵过后，她泪眼婆娑地控诉着。

"妳感觉不到幸福？"她老公扬起声，"我每天回家都得面对一张苦瓜脸，妳说我幸福了吗？"

夏云被当头一棒，原来自己的母亲才是明白人。

次日，她扔下孩子跑回娘家取经，希望一切还不会太迟……

（766）

Santiago在国营屠宰场工作三十年后退休，退休后的他过了一段看似悠闲，却一点儿也不平静的生活，尤其当看到身边人愉快地大口吃肉时，他总要苦口婆心地普及吃素的好处。

"你在屠宰场工作那么多年，还能不吃肉，我真是服了你！"他的发小Vicente说。

Santiago苦笑着，心里想的却是——正因为我在屠宰场工作那么多年，所以才不吃肉。

天人交战好几个月后，Santiago决定把知道的事公诸于众。罪行一经揭发，引起哗然一片，然而面对质问，国营屠宰场

165

却是一副"死猪不怕开水烫"的无赖样，毕竟背后有大老板撑腰着。

就在关注度逐渐下滑时，Santiago被发现死在自己的车内，尸检报告显示自杀，无他杀嫌疑。

"不可能！"Vicente对着镜头举起一张纸，"Santiago死后，我收到他的信，上面写着这些日子以来他感受到无处不在的死亡威胁，如果他真死了，一定不是自杀，而是被谋杀。"

这下子刚冷下去的新闻又被炒高，而且越演越烈，各地都出现大型的游行示威活动。

眼见纸包不住火，政府只好壮士断腕，不仅对屠宰场做出惩处，且指派第三方进驻，对肉类安全起到监督作用。

时间回到Santiago死亡的那一日，天还未亮，他便开车上路，经过邮筒时，他刻意停了一下，时间不会超过10秒钟。

"听说在魔鬼谷的第一缕阳光下死去，罪恶的灵魂就能得到救赎。"Santiago心想，"我得加紧赶路，因为留给我的时间不多了。"

（767）

自从私营监狱成立后，三星州州民发现警察的出勤率增加了，且时不时就把路人和车辆拦下做问讯，收监人数也呈几何级数增长，不仅抓获了通缉多年的罪犯，连潜在的"高风险"犯罪者也一并抓了再说。总统听闻后，连夜召见三星州州长。

"你州的税收约有 1/3 花在狱务上，这是怎么回事？"总统劈头就问。

"正确地说，不是花在狱务上，而是花在推动地方经济和行政运营上。"三星州州长答。

总统紧接着问缘由，三星州州长遂做出说明——社会蓬勃发展，人们普遍只想做高收入且相对轻松的工作，这导致工厂招不到人，而公共事务中的基础工作（好比倒垃圾、打扫公厕和割草坪等）也乏人问津，试问有什么劳动力比犯人来得更加快捷且廉价？

"你说的，原本的监狱也做得到啊！"总统提出质疑。

"哎！"三星州州长哀叹一声，"原本我也这么想，但警察不配合，您说我能怎么办？"

总统眼前一亮，几个月后，全国监狱皆改为私营，不仅国家税收增加了，社会治安也跟着转好，还诞生了十几名亿万富翁，妥妥的皆大欢喜。

（768）

由于亲眼目睹母亲因父亲长期的风流韵事而日益消瘦，最后郁郁而终，褚威民发誓绝不会走父亲的老路。

婚后的褚威民的确当过颇长一段时间的好丈夫与好父亲，但商场如战场，他每天都处于紧绷状态，急需一朵解语花，无奈老婆的关注点都放在孩子与搞好对外关系上，没意识到家里的顶梁柱已经摇摇欲坠。

解救褚威民的是一家酒吧的老板娘，她总能在最恰当的时间说出最贴心的话来，让褚威民如沐春风。

一夜春宵后，褚威民把这朵解语花种在
自己的心田上，每天用无数的钞票灌溉
，他以为做得天衣无缝，然而天底下哪
有不透风的墙？自己的正妻知道后，到
酒吧大闹一场，褚威民颜面尽失、身心
俱疲。

"褚总，您最近的精神状态不太好，千
万不要太劳累哦！"

说话的是褚威民的秘书，长得又黑又瘦
，一开始，他并不满意，但相处下来，
发现此人的办事效率极高，省却了他不
少时间和精力。

"哎！我也不想太劳累，但事不由己，
我能怎么办？"他无奈地答。

那日临下班前，他的秘书递上一本书，
说："这是我趁午休时间上书店买的，
对您应该有所助益。"

褚威民怎能白捞？但秘书执意不收钱，
还说老板若能尽快回到状态，才是给予
她的最大回报。

当日夜里，褚威民打开秘书送的书，扉
页上写着——聪明人的每一天都是新的
开始，望共勉之！

如果酒吧老板娘是朵解语花，那么他的秘书无疑是黑暗中的灯塔，指引他前进的方向。

后来褚威民还认识了餐厅女服务员、网约车女司机、礼仪小姐、在校女大学生、大龄女博士……等，每一位对他来说都具有不同的人生意义。

褚威民最后还是活成他父亲的样子。

（769）

自从老伴死了之后，邹老太太每天都要上M大走走，这是她老公穷尽大半辈子的地方，不仅在这里拿到最高学位，还一路爬到终身教授的职位，对老两口来说，M大极具重要意义。

这一天，邹老太太在校园内走累了，随即找张扶手椅坐下，结果才一会儿的工夫，便被一位很有礼貌的洋人搭讪。

" Sorry. I don't understand." 邹老太太答。

后来在一位中国留学生的翻译下，邹老太太才知道她所坐的扶手椅是眼前的洋人以自己父亲的名义捐的，他想拍张

照，希望邹老太太挪个位，只要一分钟
。

邹老太太当然乐意配合，二话不说就起
身。

"小伙子，"邹老太太压低声音问中国留
学生，"那个白人拍的是啥？"

"椅子靠背上刻着捐赠人的名字，他拍
的正是他父亲的名字。"

邹老太太眼前一亮，央求中国留学生代
问如何捐赠椅子？

"那人说了，"小伙子问过后答，"捐一
张椅子需要给M大20万元。"

"美金？"

"当然是美金。"

邹老太太道谢后，心开始活络起来。

几个月后，刻着杨老先生名字的扶手椅
安静地坐落在校园中的一隅，邹老太太
每天都要上那儿坐坐，缅怀自己的老公
，即使招来非议（为什么不把钱捐给公
益团体？），她也不后悔，因为捐出去
的钱犹如泼出去的水，好歹她还得到一
张刻着自己老公名字的椅子，不算太亏
！

（770）

蒋明丽是奢侈品店的柜姐，只需给她7秒钟，她就能判断来客值不值得献殷勤。

这一天，一个素面朝天且打扮朴实的中年妇女走了进来，逛了一圈后，什么都没买，但还是得到蒋明丽的全程热情接待。

待人走后，另一位柜姐Cathy说："我要是妳，才懒得理这种客人。"

"她可不是普通人喔！"蒋明丽解释，"她是武打明星K的老婆，身家几十个亿。"

Cathy不苟同，就算她是武打明星K的老婆，不也一样东西都没买？

174

话说得没错，但蒋明丽还是不后悔付出
了"真心"，您若问缘由，她还真答不出
来。

（771）

Parekh 将军曾为国家立下汗马功劳，所以退休后还能领到丰厚的退休金与生活津贴，连生病入院也由国家支付，他的家人无需掏一分钱。

谁能想到自从脑梗塞引发慢性意识障碍（即所谓的植物人）后，Parekh将军便长期以医院为家，住的还是VIP病房，账单加起来都可以盖好几所大学。

医院也曾跟Parekh将军的家人商量过两个方案，一是由家属接回去照顾，医院定期指派医生上门检查；二是安乐死。两个方案皆被否决，这不难理解，因为照顾病人很辛苦，还得腾出人手来，倘若采安乐死，Parekh 将军的退休金和生活津贴也会跟着灰飞烟灭。

"既然这样，"院长答，"你们有空也来探望一下老人，虽然将军已成了植物人，但不代表他感知不到外界。"

Parekh将军的家人当场答应下来，但谈话过后，一次也没来探望。

几个月后，Parekh将军病逝，宣布他死亡的医生一连好几天都梦到一个老人在向他拱手致谢，心里难免瘆得慌。

（772）

Haley认识了一位各方面都堪称完美的男人，两人相谈甚欢，很快便确定恋爱关系。

某天，Haley告诉男友：" 我怀孕了。"

完美男人觉得自己还没准备好当爸爸，劝她打胎。

" 不，我的年龄不小了，再耽搁下去，生产风险会加大。" 她答。

那男人没说什么，但次日汇过来一笔钱。

" 啧啧啧......" Haley的闺密看到银行发来的到账短信后摇头，" 10万？ 他这是拿钱打发人？ "

178

"应该是。"Haley收回自己的手机，"这笔钱就当作是我的产后营养费和塑身费吧！"

半年前，Haley曾咨询做试管婴儿的费用，医院告诉她——想要条件好的捐精者，价格在15万元之谱。

如今Haley不仅省下15万元，还多收了10万，怎么说都值！

（773）

卓政壹对历任女友都说过这么一段话——我的初恋女友死于癌症，由于对她用情太深，到现在都还没能走出来。如果妳介意的话，现在就分手；如果不介意，我们可以处处看。

结果每一位都不介意，并且用最大的爱心去包容和感化他，这也给卓政壹提供了未来分手的好借口，譬如"妳的爱来得太炽烈，我承受不起，咱们还是先冷静一段时间。"或者"我还是忘不了死去的女友，对妳来说，这很不公平，我们还是回到普通朋友的关系吧！"

凭着这两套说辞，卓政壹每次都能全身而退，可是却不包括眼前的这一次。

"我还是忘不了死去的女友，对妳来说，这很不公平，我们还是回到普通朋友的关系吧！"卓政壹说。

"没什么公不公平，我不介意就好。"顾捷答。

"可是……"卓政壹慌了神，"可是……妳的爱来得太炽烈，我承受不起，咱们还是先冷静一段时间。"

"冷静个啥？婚后就自动冷静了，因为还得忙着还房贷和备孕呢！"

卓政壹没料到顾捷会如此不识相，态度也转为强硬，扬言要嘛和平分手，要嘛武力分手，他有一堆好哥们，都是混道上的。

"谢谢！"顾捷嫣然一笑，"就等着你表态。"

卓政壹一头雾水，但看到摄像头后，一切都明瞭了。

"妳想要什么？"卓政壹问。

"我姐还没从失恋中走出来，我想她会高兴见到你的真面目。"

卓政壹愣了一下，接着懊恼万分，怎么没想到顾敏和顾捷会是两姐妹？

"让妳姐永远活在'爱而不得'的浪漫之中不好吗？这样吧！我给妳2000元，再多没有。"他说。

付完2000元，卓政壹吹着口哨走出咖啡店，没料到他的历任女友皆站在店外，个个愤怒至极。


（注：手机能连接摄像头，达到实时播放的效果。）

（774）

**蓝**沐司长得白净且说话有礼，是很多女生心目中的白马王子。

这一天，一位学妹在操场上将他拦下，很激动地表达爱慕之情。

"谢谢！可惜我喜欢男的。"他说。

"你……你……"学妹很是错愕，"你即使不喜欢我，也不用这么答。"

"这是真的，我喜欢男的已经很久很久了。"

围观的学生见闹剧结束，很快一哄而散。

待蓝沐司回到宿舍，室友们纷纷鼓掌，

赞扬他是拒爱高手，既不伤人又能全身而退，手段之高超，可以载入史册。

等晚餐时间一到，室友们一一上食堂，蓝沐司喊住最后一位："大头，你等等。"

"什么事？"

"我喜欢男的。"

大头听完，愣了一下，接着回答："我不是学妹，你找错人了。"

"你不是学妹，所以我没找错人，我喜欢的……是你！"

"摄像头在哪里？"大头边喊边左顾右盼，"我可不想成为被捉弄的对象。"

由于没能在房间内找到摄像头，大头说他上走廊找找，肯定安在那里。

待大头走后，蓝沐司自言自语："你即使不喜欢我，也不用这么答。"

（775）

**建**国之初，几位部长坐下来商量国事，有人提议政策应该倾向"保护既得利益者"，可是很快便招来反对声浪，因为如此一来，底层人士就要造反了。

全场鸦雀无声几秒钟后，法务部长说："这简单，只要有人利益受损，譬如车祸受伤、工伤、被欠薪、子孙不赡养……等，不论对错，皆能得到或多或少的赔偿。"

"那不行！"经济部长神情不悦，"国家可没那么多钱应付这些乱七八糟的事。"

"谁说由国家掏钱？"法务部长答，"当然是被告支付。"

內政部长紧接着问："您说的不论对错是什么意思？"

法务部长表示只要进入诉讼环节，就有糖吃，占理者给大糖，不占理者给小糖，目的是打造和谐社会，消除造反的念头。

全场又鸦雀无声了几秒钟，接着每个人都嘴角上扬。

对这几人来说，只要自己的地位屹立不摇，怎么样都行。

（776）

某天，卡洛斯与女友玛蒂娜手牵手走在路上，有工作人员拦下他们，说："我们正在制作一档有关爱情测试的电视节目，你们要不要试试？"

卡洛斯很快地答不参加，可是玛蒂娜却表示愿意接受挑战。

"亲爱的，妳确定要参加？"卡洛斯问。

"是的，难道你不相信我对你的忠诚？"玛蒂娜答。

既然女友都这么说了，卡洛斯只能同意。

当玛蒂娜进入密室时，里面的猛男对她

说：“如果妳在5秒内亲吻我，妳的男友会有1000万比索的奖赏。”

玛蒂娜太需要这1000万比索，因为男友已经失业好一阵子，婚礼不得不一再推迟，如果有了这笔钱，他俩就能成为合法夫妻。

当卡洛斯在户外的无声屏幕上看到玛蒂娜亲吻一位陌生男子时，面部表情开始扭曲。

“很遗憾，玛蒂娜没通过考验。”主持人说，“这是1000万比索，就当作是你的精神损失费吧！”

本来卡洛斯已经一肚子火，再听到这样的揶揄，直接炸毛，没拿钱便骂骂咧咧地走开。

后来，玛蒂娜拿着这1000万比索办了一场没有新郎的婚礼，电视台全程跟拍，收视率达到惊人的8.56%。

“这剧本还行！”卡洛斯边看电视边喝啤酒，“如果玛蒂娜的胸能再大上两号，一切就堪称完美了。”

（777）

马沙是一只斗犬，打从有记忆起，就是不断地搏斗厮杀，它没有朋友，也不知道什么是爱与和平。

有一天，8岁的马沙在打斗中受伤，斗犬场场主嫌它年纪大，索性放它自生自灭，连石膏都没打。

就这样，一瘸一拐的马沙走在乡间小道上，看到人类或其他动物就龇牙咧嘴，还是善良的刘老根收留了它。

"来福，"刘老根抚摸马沙的头，"我每天都会让你吃饱喝足，你无需再担心温饱问题，只要当一条懒狗就行。"

春去秋来，被唤作来福的马沙已经与刘老根一同度过近十个寒暑。某天，替来

189

福准备狗粮的刘老根忽然眼前一黑，倒了下去。

几天后，上门收租的房东察觉有异，破门而入才知为时已晚。

"这只老狗应该曾经出去过，"警察侦查环境后说，"结果又回来，守着尸体直到自己也一命归西。"

过去几天，邻居们的确见过来福的身影，也曾想过最坏的情况，可是却无一人采取行动。

"这就是人类！"刘老根对狗说，"但还是要善良。"

来福（或者马沙）汪汪两声，既不表同意，也不表反对，它只是高兴死后还能与主人在一起，如此而已。

（778）

从前从前有一个幸福国，那里的建筑物全被漆上明亮的颜色，连交通工具和人们身上的衣服也是，清一色的红、橙、黄，至于蓝、青、绿、紫等冷色系已经许久未见，因为这些颜色容易让人产生不适感，不符合幸福的真谛。

某天，幸福国的国民红火火向女友橙灿灿求婚，呈上的是一枚蓝宝石戒指。

"我愿意。"橙灿灿答，同时流下激动的泪水。

相较于橙灿灿的自我感动，众人普遍不以为然，因为那是一枚"蓝"宝石戒指，不符合国家明定的幸福颜色。

这对情侣还未成婚就被扣上一顶大帽子，两人压力倍增，最后还是双方父母共同出资买下一枚红宝石戒指作为顶替，这才平息一场舆论风暴。

啊！这就是伟大的幸福国子民，每个人都懂得为大局着想，不吝委屈求全，至于冷色系是不是不幸的颜色？国家说是，那就一定是啰！

（779）

放学后，陈博并没有马上回家，他坐在小河边，直到华灯初上。

"陈博，你怎么还没回家？"

听到有人喊他，陈博猛一回头，发现是郑老师，立即起身。

"上来吧！"郑老师示意他上车，"我载你回家。"

郑老师骑的是电动车，以电动车的骑行速度，大概十分钟就能到家，可是陈博并不想那么快又笼罩在阴霾之中。

"不用了，我自己走路回家。"他说。

"客气什么？我反正顺路，还能跟你母亲打声招呼。"郑老师答。

"我不是客气，而是……而是我妈有传染病，我怕她传染到妳。"

"传染病？什么时候的事？"

"很久了，打从有记忆起，我母亲一直就是生病状态。"

郑老师曾在家长会上见过陈博的母亲，这位单亲妈妈并不像是长期患病的病人。

"陈博，你是不是干了什么坏事，所以不敢回家？"郑老师问。

"没有。"

"没有就上车，别再磨磨叽叽了。"

后来，郑老师把陈博安全送回家，为了表示感谢，陈母留郑老师一块儿吃饭。

在饭桌上，陈博扒了两口饭便说吃饱了，匆匆躲回房间内。

郑老师心想这样也好，她正打算把不久前陈博的异常言行告诉陈母，结果陈母先开口了。

"郑老师，妳每天面对那么多学生，一定很累吧？！"

"累是累，但这是工作，没得挑。话说回来，有哪个工作不累呢？"

"是的，连家务活也很累人，我每天都过得好累、好累。"

根据郑老师的了解，陈博的父亲早逝，还好身后留下相当可观的遗产，孤儿寡母才不致于陷入经济困境。

"整天待在家，的确会有倦怠感。"郑老师答，"妳不妨出外做个兼职，反正陈博也大了，不用时刻盯着。"

"不，出去更累，我应付不来复杂的人情世故。"

见此路不通，郑老师改建议她多读书，视野也会跟着开阔起来。

"开阔了又怎样？人的命运都是注定好的，我这辈子就这样了，每天守着这个屋子，守着陈博，然后渐渐变老、变丑、变迟钝……"

离开陈家时，郑老师的两肩好似驮着重物，以致电动车骑得歪歪扭扭的。

"妳怎么一副消沉的样子？"郑老师一进家门，她老公便问。

"我得了传染病？"她有气无力地答，"还是被学生家长传染的。"

（780）

临签约前，黄佳佳请文编辑等她一下，也许三、五天，也可能八、九天。

"为什么？"文编辑问。

"我觉得稿子还需要润色。"黄佳佳答。

文编辑记得黄佳佳交稿时曾表示自己已经从头到尾润色过两遍，再润色也就那样了，如今却又说还需要润色，很是蹊跷。

"签完约，我会给妳时间润色。"文编辑故意试探。

"哎呀！"黄佳佳哀叹一声，"实话告诉妳，我正在等经纪公司的答复。"

文编辑感觉很不可思议，明明可以签约了，却还要找经纪公司参一脚，如此一来，出版社岂不是要为此付上一笔代理费？

"我看签约的事就算了，"文编辑说，"祝妳写作愉快！"

失去了签约机会，黄佳佳并不心急，不是还有个经纪公司吗？他们会为自己的小说找到合适的出版社。

几日过后，经纪公司回复："黄老师，我司只对非虚构类书籍感兴趣，譬如养生、教育或商务方面，因为这类书籍比较好拿书号。"

黄佳佳对这个结果很是失望，但也只是难过了一下下，毕竟经纪公司和代理平台还有很多，无庸心急。

春去秋来，一眨眼，整个世界都已脱胎换骨，而黄佳佳的稿子还握在手里……

（781）

婚前，张家索要20万彩礼遭拒，理由是男方家里穷，拿不出那么多钱，爱嫁不嫁！

由于张春燕的孕肚已经相当明显，再不嫁，恐遭来邻里的闲言碎语，一咬牙，她怀着孩子与委屈嫁了过去，不出所料，婚后过得相当憋屈。

一次剧烈争吵后，张春燕带着襁褓中的孩子回到娘家。几日过后，她男人来接她，同时威胁——见好就收，否则一拍两散。

张春燕死活不肯回去，她夫家也不惯着，怂恿男人休了她。

199

在诸多压力下，两人后来还是离婚了，法官以"孩子太小，需要母亲照顾"为由，把孩子判给了张春燕。

一年后，男人有了悔意，求复婚。

"复婚可以，20万彩礼，一分都不能少。"张春燕答。

"妳又不是第一次嫁人，"男人说，"何况还带着孩子，哪来的底气？"

"我是不值钱，但你的孩子值钱。"

考虑再三，男人还是付了20万，因为媒婆介绍的那一家索要30万，足足多了10万……

老李开面店已有二十多年，近期，网上忽然出现不友好的声音，他气得七窍生烟。

"爸，现代人比较讲究卫生，你得与时俱进。"老李的儿子说完，递上一次性贴合手套。

一开始，老李用不习惯，颇有怨言，后来习惯了，反倒懊恼没提早戴上手套，因为以往他做菜和收拾客人使用过的碗碟时还会洗个手，现在不需要了，既省时又省水。

（783）

从前从前有个无我国，这个国家的人民接受统一教育，穿统一服装，剪统一发型，当义务教育结束后，国家会给予工作、住房和配偶（是的，这里的百姓没有选择配偶的权利，全听国家安排）。

有一天，一个无他国的国民来到无我国，发现这里就像另一个世界，从生到死，只要像个机器人一样活着就行。

一传十，十传百的结果，有越来越多的无他国国民涌入无我国探奇。无我国的国王觉得奇怪，派大臣去无他国了解情况。

"陛下，"大臣归来后说，"无他国的人可以拥有个人思想，光盖个公园，都能闹上半年。"

"这么可怕？赶紧把境内的无他国国民都驱逐出境。"

扰乱秩序的无他国国民都被驱逐出境后，无我国又恢复往日的平静，每个人都在自己的岗位上按规章办事，譬如说好一天生产100件衣服就100件，没有多一件，也没有少一件，完美！

（784）

郭先生轮回转世了17世，每一世都怕猫，到了第18世，终于不再怕猫，因为那一世的猫全灭绝了。

**罗**向北一出狱就千里迢迢地赶回老家，结果被宗亲们挡在村子口，连老母亲的一面都没见着。

今天，罗向北想再试一试，都说孩子是母亲的心头肉，再怎么恨铁不成钢，应该也不会对入狱23年的儿子说不吧？

"不，你不能待在这里。"他母亲对他说，"我老了，禁不起折腾。"

当罗向北转身时，他母亲又喊住他，说："供桌上有两百块钱，你拿去买点儿吃的。"

罗向北本来想拒绝，但监狱发放的路费已所剩无几，他太需要这两百块钱，所以还是拿走了。

等他走出村外，忽然感觉口渴，于是进了小卖店。

"这个25元一根。"老板娘说，"便宜的在冰柜右边，一、两块钱有一根。"

罗向北顿时大怒，怎么连小卖店的老板娘也看扁他？遂操起店里的剪刀往老板娘的身上刺，一次又一次，像发泄这两日来的愤怒与委屈……

时间往前推半个小时，一对祖孙进到小卖店，孙子嚷着要吃冰棍。

"这个25元一根。"老板娘说，"便宜的在冰柜右边，一、两块钱有一根。"

"什么冰棍要25元一根？"老爷爷嘀咕着，"金子做的不成？"

"哈哈哈……都是厂家搞的噱头，到现在都还没卖出一根，我正想把货给退了，省得每次都要提醒顾客。"

老爷爷后来买了一块钱的冰棍，祖孙俩高高兴兴地离开小卖店……

（786）

小超想出家，他的父母随即给他介绍了一位各方面都很优秀的女人，还说倘若不能改变他的心意，再谈。

于是小超采消极对抗，嘴不让亲，手不让碰，日常对话就是宣扬佛法，把小玫的耐心给磨没了，主动提出分手。

对于小超来说，"分手后出家"是得偿所愿的事，可是不知原委的小玫却以为是自己的错（让一个有为青年看破红尘），从此背上了十字架……

"停停停……"小玫开口制止，"十字架是基督教的东西，怎么跟佛教扯上关系？"

小超很想解释十字架只是个比喻，跟佛教和基督教都扯不上关系，但最后还是答："妳说的对。"

"这个故事不好，重来。"小玫说。

于是小超又重新讲了个故事，主人翁还是小超跟小玫，内容同样跟分手有关。

"你怎么这么笨？连个故事也说不好！"小玫埋怨。

"我是笨，要不，咱俩分手？"

小玫听完，愣了一下，接着表示这个笑话不好笑，再换一个。

小超长叹一口气，心想怎么分个手就这么难？

（787）

从前从前有一个王国，那里住着一位国王，每天过着衣食无忧的幸福生活。

有一天，他步出城堡，发现城堡外的人瘦骨嶙峋（就是很瘦很瘦的意思），衣服也破破烂烂的，于是他让宫廷厨师烹煮出美味的佳肴，让挨饿的人都能吃得上饭，又让御用裁缝连夜赶制衣服，发放给有需要的人，老百姓都非常感激他。

善良的国王去世后，化为天上的星星，继续守护他的子民……

· · ·

蔡瑞雅念完童话故事，女儿问她天上有几颗星星？

"很多很多，数也数不清，可惜因为距离太远，加上污染问题严重，很多时候看不到那么多的星星。"

"那么每颗星星都是国王变的吗？"

蔡瑞雅犹豫了一下，心想气氛都烘到这个程度，也只能顺势而为了。

"是的。"她点头承认。

"原来可怜的人这么多，"她女儿说，"比天上的星星还要多。"

蔡瑞雅被当头一棒，是呀！可怜人的确比天上的星星还要多。

她摸摸女儿的头，说："所以妳也要像国王一样，去帮助需要帮助的人。"

"妳的意思是国王生下来就是要帮助人？"

蔡瑞雅语塞了，这确实是国王的使命，可是现实生活中却未必如此。

后来，蔡瑞雅把家里的童话故事都束之高阁，您知道为什么吗？

（788）

卡斯特将军14岁便辍学从军，由于脑筋动得快，加上一点儿好运气，40岁便当上将军，然而这不代表没有遗憾。

他的下属读出了他的心思，让国内最好的大学颁发名誉博士的学位给他，可是他还是不满足，因为这不能说明他是一位学富五车的儒将。

某天，卡斯特将军经过书店，看见橱窗的最显眼处摆放着一本书，书名叫《蓝色忧郁》，作者是安德烈•洛佩斯。

"这本书为什么有个支架立着？"他问下属。

“报告将军，因为这本书是本月的销冠。”

“是吗？”他喃喃道，“这位作者还写过什么书？”

“很多，譬如《白色恐惧》、《黑色死亡》、《黄色财富》等，都是发人深省的文学作品。”

卡斯特将军听完后，哀叹一声，他的下属全看在眼里。

后来安德烈·洛佩斯宣布封笔，倒是卡斯特将军开始写书了，而且屡屡登上畅销书排行榜……

（789）

王祺不过是点明飞扬出版社的不足之处，好比不做推广活动（怎么也得有个记者招待会或签售会，不是吗？），分成比例还低，结果被龙编辑劝退。

两个多月后，王祺终于说服自己接受不做推广活动和较低比例的分成（不接受也不行，因为别家出版社总要他自费出版），可是龙编辑还是让他试试别家。

"给句痛快话，到底是什么原因？"王祺问。

龙编辑正忙着（所以没有即时回复），等他空下来时，留言处已经筑成高墙，内容全是指责。

当王祺收到龙编辑的回复时，傻眼了，因为上面还是那句话——请试试别家。

如果龙编辑来硬的，王祺还能骂上两句，毕竟吵架也是一种沟通，偏偏对方来冷的，这就难办了，他只能逞强叫嚣几句，然后黯然退场。

当天傍晚，龙编辑开始收拾个人物品（包括桌上的多肉植物和午休专用的小枕头），今天是出版社营业的最后一天，能坚持到这一天已经很不容易，哎……

（790）

由于上辈子的体验感太差，男人一直抗拒投胎，然而天命不可违，他最终还是落入凡间……

"你们的孩子是自闭症。"医生宣布。

"自闭症？"赵雨萱望了自己的丈夫一眼，"可是怀孕期间的所有检测都显示正常，我们的家族成员中也无人有自闭症。"

医生解释自闭症是一种神经发育障碍，具体原因尚不明确，不一定与遗传有关。

"他……有没有可能痊愈？"赵雨萱问。

"无此可能！"医生斩钉截铁地答，"但父母可以通过支持和干预来提高孩子的生活质量和各项能力。"

回家路上，这对夫妻心如死灰，不明白这样的厄运为什么会落在他们的头上？

夜里，赵雨萱抱着儿子讲故事，可是儿子总想挣脱，对她的关心和问话一点儿反应也没有。

"天哪！"赵雨萱仰天长啸，"难道这就是我的宿命？"


由于上辈子的体验感太差，男人一直抗拒投胎，然而天命不可违，他最终还是落入凡间……

阿旺是一只德国牧羊犬，为了护主，被歹徒削去1/4个头颅，左眼也因此失明了。

江益白听说此事后，决定帮阿旺筹集医药费，如果您也想支持江益白的爱心之举，请关注他的短视频账号——大善人江益白。该账号目前已有867,538个粉丝，每晚8点～10点开直播，欢迎打赏和购买带货产品，但请别寄宠物食品过来，因为阿旺嘴刁，还是汇钱比较实际，方便江益白统一购买。

（792）

孔俊西绰号孔胶带，凡他看上的女人都免不了经历一场"你追我跑"的戏码，总要花费数日到数十日不等的时间，才能将"胶带"去除。现如今，全校女生无不胆战心惊，害怕某天会被孔俊西盯上，然后陷入万劫不复的深渊。

这一天，孔俊西发现一位瘦弱的女生独自坐在操场边，样子看起来很悲伤。

"嗨！妳怎么一个人在这里？"他走上前问。

"我想点儿事情。"她轻轻抹去眼角的泪水，"能不能让我独处一下？"

"为什么要一个人承受？"孔俊西坐了下来，"妳有什么不开心，都可以跟我说。"

就这样，两人一来二往，逐渐熟稔起来，没等学期结束就领证结婚，把全校师生都给看傻了，纷纷预言这两口子闪婚后便是闪离，可是实际情况却恰恰相反，孔俊西把女人照顾得很好，即便已结婚十多载，依旧恩爱如昔，羡煞旁人。

"西西，你今晚回来吗？"女人问。

"回，我还得给妳包饺子吃呢！"孔俊西答。

类似的对话几乎每天都会发生，因为女人的父母曾经出门后就再也没回来过。

对于孔俊西来说，被人惦记着是幸福的事，因为他来自一个破碎的家庭，父母离异后，皆不想要他，他是吃百家饭长大的，所以极度渴望有个携手走过余生的伴侣。

这两人皆不完美，却造就了"完美"的婚姻，前提是双方得具备高度吻合的心理创伤，而且保证不痊愈。

（793）

一群女生到国家公园游玩，碰巧目睹狐狸咬住野兔，一时正义感爆棚，她们合力赶走狐狸。

"小兔兔，赶紧回家去，你的家人正在等你呢！"其中一位女生对野兔说。

待野兔一蹦一跳地离开后，几名女生露出欣慰的笑容。

另一厢，空手而归的狐狸妈妈回到洞里，几只小狐狸围着她打转。

"对不起，孩子们，今天我差点儿就捕捉到猎物，如果不是人类从中作梗，你们肯定能饱餐一顿。"

听说到嘴的食物没了，饿了好几天的小狐狸们呀呀呀地叫，声音好不凄凉……

听说到嘴的食物没了，饿了好几天的小狐狸们呀呀呀地叫，声音好不凄凉……

杜如花已从事自由职业6年多，不用朝九晚五，也不用处理复杂的办公室人际关系，羡煞不少人，尤其与他人共同创作的励志成长书《你也可以在家印钞》即将上架，这是很多人梦想达到的高度……

"如花，早上打妳电话不接，晚上打妳电话也不接，妳何时有空？"他父亲发来短信问。

此时，杜如花刚从睡梦中醒来，分不清是白天或黑夜，只好拉开窗帘一探究竟。

"原来已近中午，我还以为是半夜呢！"她喃喃道。

吃完早午饭，她回了父亲的信息，接着与出版社编辑讨论签售会的事，由于主笔工作繁忙（繁忙到全书皆由二作完成），到时候可能只有杜如花一人出席，但她不以为意，依然积极配合。

办完这事，她开始线上教学，有写作班和对外汉语班，其中又分为一对一和一对多，等她空下来时，已是夜里11点多，想到凌晨4点还有一班，她不得不快速吃完微波炉餐，再快速小睡一下，省得像上回一样，误把"病入膏肓"读成"病入膏盲"，不幸还被远洋的英国学生给指出错误来，她的脸青一阵紫一阵的。

清晨5点半，终于下课的杜如花从冰箱里拿出五花肉，忽然电光一闪——大清早就吃红烧肉会不会太油腻了？

这就是在家印钞的结果，虽然没有朝九晚五，但工作时间更长，有时还昼夜颠倒，每月收入也忽高忽低，玩的就是个心跳加速。

"现在只能期待书大卖，如果真能那样就好了，否则每天在家一毛钱一毛钱地印，何时才是个头？"杜如花心想。

（795）

今天，出版社的游编辑通知卫小平参加法国电视台的采访。

"法国？"卫小平扬起声，"你知道我社恐，何况我也不会说法语。"

游编辑表示语言问题可以交给翻译人员，无庸担心，至于社恐……那也不是不能克服。

"你大概不懂什么是社恐吧？！"卫小平停顿了一下，"算了，说了你也不懂，反正我不接受采访，你自己看着办。"

游编辑接触卫小平已近10年，平常都是通过文字或语音联系，连对方长得是圆是扁都不清楚，坊间也没有任何照片流出，此次若不是卫小平的作品忽然在法国大火，他才懒得碰这个钉子。

两个星期后，"卫小平"还是如约出现在法国电视台，虽然不会说法语，但台风稳健，获得不少好评。

访谈播出的第二天，游编辑便接到真身的来电。

"是您说让我看着办。"游编辑有恃无恐地答。

"我没不让你找人顶替，但总不能男女不分吧？！"

"您……是女的？"

"可不是。"

游编辑没料到女人的声音也能如此低沉，实在太意外了！

"现在怎么办？"游编辑问。

"不知者无罪，以后你就当我是个男的，对外也这么说。"

"为什么？"

"你大概不懂什么是社恐吧？！"卫小平停顿了一下，"算了，说了你也不懂，反正就照我的意思做。"

后来，游编辑陆续收到几位法国女读者
的爱慕邮件，他心想老天爷总算厚爱他
一次……

（796）

庞大炮是个纨绔子弟，平日无所事事，就爱泡妞，娱乐版上总有他的花边新闻，谁让他懂流量，总能把媒体玩弄于股掌之间。

所谓"常在河边走，哪有不湿鞋？"，这可不，庞大炮玩着玩着就玩出人命来，一位十八线女演员声称自己已生下庞大炮的孩子，一岁多，会叫爸爸了。

像往常一样，庞大炮依旧对"流言蜚语"不闻不问，可是他父亲却坐不住了，主动提出做亲子鉴定。

由于庞大炮死活不肯上鉴定中心，这个鉴定只能由他父亲代劳，鉴定的结果是——不存在血缘关系。

这份报告让女演员很是吃惊，因为那段时间她只与庞大炮交往。

两个月后，庞氏企业成功上市，此时的庞大炮更是意气风发，走路都带风。

另一厢，曾站在风口浪尖的女演员带着女儿飞抵纽约，住的是月租金5000美元的豪华公寓，还有两个保姆轮流照顾蹒跚学步的孩子……

噢！对了，庞大炮的父亲无生育能力，这个秘密只有他和老婆知道，连庞大炮这个兔崽子也被蒙在鼓里。

2012年，朱大春买了100枚比特币，被未婚妻及其家人骂到臭头。婚后，比特币一路水涨船高，原来骂他的人，现在都转为巴结，终于有一天，他的妻子潘小莲让他卖了比特币，好给自己的弟弟买婚房。

"卖不了，因为我忘了私钥。"朱大春答。

"什么是私钥？"潘小莲问。

"类似密码。"

他太太一听，大惊失色，责问他怎么这么重要的号码也会忘？她弟弟还结婚不？"

朱大春要她别催了，越催，他越想不起来。

潘小莲果然不催了，这一等，十多年过去了，朱大春还是没能想起来。

某天，潘小莲脱下围裙，说："我不等了，咱们今天就上民政局离婚。"

朱大春也不噜嗦，跟着上民政局，然而离婚后的他依然节俭，并未如潘家人所料想的那样（从此过上穷奢极侈的生活），看来他是真的忘了私钥。

潘小莲想了想，还是复婚算了，毕竟留得青山在，不怕没柴烧，或许哪天朱大春就想起来了也说不定。

朱大春并不反对复婚，于是两人又领了结婚证。婚后，潘小莲依旧做着"一夜暴富"的美梦，可是朱大春却已不抱任何希望，因为当年买完婚房，他已一贫如洗，实在付不起彩礼，只能谎称将钱买了比特币……

（798）

去年夏天，Ada 到非洲冈比亚旅游，在风景如画的Bijilo海滩遇到一位年纪相仿的同胞Sabina，后者问她需不需要男伴？价格好商量。

"不需要。"Ada答，"妳怎么做起皮条客？"

"说来话长，"Sabina叹了一口气，"妳想听吗？"

Ada当然想听，于是请Sabina到附近的酒吧喝一杯，Sabina也没让她失望，把事情始末原原本本地道出。

"这么说，妳的小男友钱一到手就把妳给甩了，结果妳还跟过来，就算人找到

了又怎样？钱肯定是要不回来的。"Ada
说。

"我知道钱肯定要不回来，我也没打算
要，只要他认错，我还是会原谅他。"
Sabina答。

Ada简直不敢相信自己的耳朵，到底是
怎样的魔力，能让一个女人不撞南墙不
回头？

"妳肯定很爱他。"Ada说。

"那倒也没有，不过在我死之前，还能
拥有这么一段不平凡的经历，也算值了
。"Sabina一本正经地答。

"妳……没毛病吧？！"

Sabina笑了笑，把酒杯里的酒一仰而尽
后，走了。

Ada百般无聊地坐在位子上发呆，不一
会儿，一个皮肤黑得发亮的年轻男子走
了过来，问："我能和世界上最美丽的
女人喝一杯吗？"

于是Ada为他叫了一杯酒，期间，他俩
坐了多久，这个男人就说了多久的情话
。

"你知道我的年纪足以当你的祖母吗？"
Ada问。

"年龄在爱情面前根本不值一提，何况我对成熟女人的魅力向来无抵抗能力。"

当晚，Ada便和这个连名字都不知道该如何正确发音的冈比亚男人滚床单，当黎明的曙光照进房间时，Ada终于懂得Sabina的快乐，并且准备为留住这份美好而努力，即使一条道走到黑也在所不惜！

（799）

今天，作家王传治收到3000元稿费，他立即将消息发布在社交平台上。

"厉害了王哥，能不能传授一下写作技巧？"有网友问起。

"没什么技巧，只要勤于写作，总有一天会发光发热。"他回复。

经过一轮热烈的讨论后，有网友忽然提到全职写作能不能养家糊口的问题。

"这还用问吗？王哥一篇稿子就赚3000元，一个月只要写3篇，收入立即秒胜大部分的打工人。"

这个回答得到很多人的认可，可是王传治却成了哑巴。

"王哥，你再不说两句，我们就散了。"

留言发出后，仍等不到王传治的只字片语，于是众人作鸟兽散。

当不再有新留言出现时，王传治默默删了笔记。

"每隔几个月炫耀一次足矣，人不能太贪心。"他心想。

$$(800)$$

关于我年纪轻轻就住进精神病院这件事，现在就由我来给各位唠一唠。

起初，我真没想过住院，虽然我的精神状态一直不太妙，每天都有杀掉老板的冲动，但也只是想想而已，真正的临门一脚还是因为我给卖荔枝的小贩一百元小费，母亲认为我病得不轻，所以将我送进精神病院。

"你觉得怎样？"医生问。

"我觉得这个世界疯了，竟然把我一个正常人送进疯人院里。"我答。

医生对我死神凝望了5秒钟，接着问："1加1等于多少？"

这简直侮辱人！于是我告诉他——1加1等于你这个白痴。

医生又对我死神凝望了5秒钟，接着宣布我符合入院条件，我很快被送进能容纳16人的病房里。

一开始，我以为自己会面对一堆牛鬼蛇神，结果出乎意料，他们全是正常人，顶多情绪波动比较大，好比会忽然大哭或焦躁地来回踱步，不过这也不是什么大问题，不是吗？

知道没有立即的人身危险后，我索性摆烂，每天该吃吃、该喝喝、该睡睡，把以前欠缺的部分全给补回来，体重一下子飙升了10斤。

“你觉得怎样？”医生问。

“我觉得这个世界还行，对精神病患很宽厚，这么悠闲的生活，我可以住一辈子。”我答。

医生对我死神凝望了5秒钟，接着问：“1加1等于多少？”

这简直侮辱人！但我没有开骂，而是告诉他——会问这个问题的，不是天才就是白痴。

医生又对我死神凝望了5秒钟，接着宣布我符合出院条件，我很快被赶来的母亲接走。

"儿啊！你被医院收留后，卖荔枝的小贩才澄清那一百元是你欠他的烟钱，他不过是开个玩笑。"母亲从后视镜看了我一眼，"我曾回去捞人，可是医生不允许，我也没办法，对不起哈！"

"没事，我在里面过得很好，若不是医生赶人，我还不想出院呢！"

母亲听完，手一滑，差点儿撞向对向来车。

"妳没事吧？"我问。

"没……没事。"母亲深吸一口气，"你住院已有两个多月，原来的工作应该保不住了，你有什么想法？"

一听说那个吸血鬼老板竟然"趁我病，要我命"，我愤恨地答："我的想法就是先赏两颗子弹给前老板再说。"

当车子开到下一个路口时，母亲紧急掉头，我问她干啥去？她表示自己不小心把钱包落在精神病院里。

我妈还不到50岁，怎么就记忆力减退？该不会是老年痴呆症的前期预兆吧？！

想到我年纪轻轻就得照顾病人，真是生无可恋，哎……

# 作者介绍

在异国的背景下加入缠绵悱恻的爱情故事是B杜小说的一大特点，她的文笔清新、笔触诙谐、画面感很强，读完小说有种看完一部爱情偶像剧的感觉，特别适合怀春少女及对爱情有憧憬的女性阅读。

另外，B杜还创作了散文、严肃小说、系列小说等，欢迎关注。

# ALSO BY B杜

《B杜極短篇故事集 (701～800)》 （繁體字版） A Word to the Wise (Tales 701～800 in traditional Chinese characters)

* * *

《法兰西情人》 Love in France
《东瀛之爱》 Love in Japan
《新西兰之恋》 Love in New Zealand
《英伦玫瑰》 Love in England
《爱在暹罗》 Love in Thailand
《情定布拉格》 Love in Prague
《狮城情缘》 Love in Singapore
《爱上比佛利》 Love in Beverly Hills
《梦回枫叶国》 Love in Canada
《早安，欧巴》 Love in Korea

《我在苏黎世等风也等你》
Love in Switzerland
《迪拜公主的秘密情人》 Love in Dubai
《马力历险记1之地球轴心》 The
Adventure of Ma Li (1): The Time Axis
《马力历险记2之黄金国》 The Adventure
of Ma Li (2): Eldorado
《马力历险记3之可可岛宝藏》
The Adventure of Ma Li (3): The Treasure of
Cocos Island
《B杜极短篇故事集 (1～100)》 A Word to
the Wise (Tales 1～100)
《B杜极短篇故事集 (101～200)》 A Word
to the Wise (Tales 101～200)
《B杜极短篇故事集 (201～300)》 A Word
to the Wise (Tales 201～300)
《B杜极短篇故事集 (301～400)》 A Word
to the Wise (Tales 301～400)
《B杜极短篇故事集 (401～500)》 A Word
to the Wise (Tales 401～500)
《B杜极短篇故事集 (501～600)》 A Word
to the Wise (Tales 501～600)
《B杜极短篇故事集 (601～700)》 A Word
to the Wise (Tales 601～700)
《巫觋咖啡馆之梧桐路篇》
The Witch & Warlock Café on Wutong Road
《巫觋茶馆之浣纱路篇》

The Witch & Warlock Teahouse on Huansha
Road
《我的泰国养老生活 1 》My Retirement
Life in Thailand 1
《我的泰国养老生活 2 》My Retirement
Life in Thailand 2
《鸿沟》A World Apart
《洁西卡》Jessica
《夏小希》Miss Xia

# 出版社介绍

如意出版社（Luyi Publishing）在英国注册，致力于将优秀作品介绍给全球读者，联系方式如下：

邮箱1：Luyipublishing@163.com

邮箱2：Luyipublishing@gmail.com